AF282363

M.R.Prosser
The Little Things
Lou & Sam

M.R.Prosser

The Little Things

LIEBESNOVELLE

Lou & Sam

M.R.Prosser wurde im Dezember 1992 als Erste von vier Geschwistern geboren. Ihre Liebe zum Wort – ob geschrieben, gesungen oder gesprochen – entstand schon in jungen Jahren und wächst bis heute stetig an. Als thematischer Roter Faden zieht sich die Suche nach der Liebe zum Leben durch all ihre Arbeiten – in der Hoffnung, Inspiration, Trost und ein Gefühl der Verbundenheit in ihren Leser:innen zu erwecken.

Einblicke in M.R.Prossers Bücher, Textauszüge und Momentaufnahmen ihrer (Gedanken-)Welt findet man auf Instagram unter dem Namen: m.r.prosser

ISBN : 978-3-7693-1192-1

2. Auflage 2024

Copyright © 2023 M.R.Prosser, Wien

Cover- und Umschlaggestaltung: Raphaela Schaller

Rechte Cover- und Umschlagabbildungen: M.R.Prosser

Lektorat: Raphaela Schaller | Lektorat ZeilenMeer

Korrektorat: Viktoria Kellner

Layout und Satz: Raphaela Schaller

Verlag: BoD · Books on Demand GmbH,

In de Tarpen 42, 22848 Norderstedt, bod@bod.de

Druck: Libri Plureos GmbH, Friedensallee 273,

22763 Hamburg

Für die Suchenden.

Für all jene, die zuhören.

Für die, die den Mut aufbringen, zu fragen.

Und für alle, die sein wollen, wer sie wahrhaftig sind.

Mit ihm

Gegenwart

»Louisa Storm und Samuel Hardy.«

Mein Blick schoss hoch, ehe der Professor Sams Namen ausgesprochen hatte. Sam, dessen Augen mich nun gefangen hielten, während das Ticken des Sekundenzeigers in meinen Ohren donnerte. Sams Blick hatte längst auf mir gelegen, als ich den Kopf gehoben hatte. Er wirkte nicht so überrumpelt wie ich. Sein Lächeln war nur einen Hauch breiter geworden. Oder verschmitzter? Er saß gute fünf Meter von mir entfernt, was es erschwerte, Details zu erkennen.

»Wenn sich einer der Herrschaften bitte dazu bequemen könnte, Ihren Themenumschlag entgegenzunehmen. Das würde wahre Wunder bewirken, um diesen Hörsaal zeitnah verlassen zu können«, drang Professor Andersons Stimme zu mir durch.

Er hatte diesen latent genervten Unterton, der immer gepresster wurde, je länger sein Arbeitstag andauerte. Was ihm kaum jemand verübeln konnte.

Ich riss mich aus meiner Starre und sah zum Pult, wo Anderson mit ausgestrecktem Arm einen Umschlag in meine Richtung fächerte. *Oh shit, aufstehen!*

Just in dem Moment erschien Sam in meinem Blickfeld, nahm den Umschlag entgegen, hielt ihn grinsend hoch und zwinkerte mir zu. Ohne Zweifel glühten meine Wangen, als hätte ich ein Gläschen zu viel intus. Ich sollte bis morgen einen Vortrag vorbereiten, was an sich schon eine Herausforderung war – *aber gemeinsam mit Sam?*

Mein Herz sprintete mir voraus und ich war sicher, es würde darauf hinauslaufen, dass wir, also mein Herz und ich, mit dem Gesicht voran hart im Dreck landen würden.

Sam und ich hatten eine Vorgeschichte. Keine aufregende oder gar lange, sondern eher eine deprimierende Kurzgeschichte. Vor ungefähr einem halben Jahr, in unserer ersten Uniwoche, hatte er mich um ein Date gebeten und ich hatte abgelehnt. Damals hing ich noch in der Hoffnung fest, meine Highschool-Liebe würde trotz der Distanz bestehen können – der Inbegriff von Naivität, wie ich später erfahren durfte. Seitdem war mein Leben Achterbahn gefahren, so sehr, dass mein Kopf jedes Mal schwirrte, wenn ich darüber nachdachte. Meine Eltern hatten vergessen, dass sie die Erwachsenen waren, und meine Beziehung ein jähes Ende genommen. All das war erst nach Sams Frage und meiner Abweisung passiert und manchmal fragte ich mich, wie dieses Jahr hätte sein können. Mit ihm.

Sam hatte die Abfuhr genauso weggesteckt, wie er alles im Leben zu nehmen schien: Er hatte seine Hände in die Hosentaschen versenkt, die Schultern gezuckt, ein schiefes Grinsen aufgesetzt und mich mit einem »Okay« und einem Augenzwinkern in innere Zerrissenheit gestürzt. Ja, ich wusste das alles noch so genau, obwohl es ein halbes Jahr und mehrere schlechte Scherze des Lebens her war. Denn damals hatte ich zum ersten Mal nachts wach gelegen und mich nach einem anderen Mann gesehnt, als nach dem, der zu Hause auf mich wartete. Emotional gefangen zwischen Scham, Schuldgefühlen und bebender Lust, war es keine Option gewesen, nicht mehr an ihn zu denken, denn alles an Sam hatte Suchtpotential: Seine Augen, die mit ihrem warmen Braunton so viel ruhiger und tiefgründiger wirkten, als er sich gab. Die Art, wie er sich durch die hellbraunen, lockigen Haare fuhr, die oben etwas länger waren und ihm immer ins Gesicht rutschten. Wie er mich ansah, intensiv und ungeniert. Und das Grübchen in seiner rechten Wange, wenn er lächelte.

Gott, der Tag, an dem ich ihn kennengelernt hatte, war in meine Erinnerung gebrannt. Seit meiner Abfuhr hatte Sam weder aufgehört, freundlich zu mir zu sein, noch mit mir zu flirten. Wobei Flirten Sams natürlicher Umgang mit Menschen war, wie ich schnell festgestellt hatte. Genau deshalb bildete ich mir nichts auf sein Zwinkern und Grinsen ein. Nein, er konnte mit seinem Charme jede Frau in diesem Hörsaal …

In einem anderen Leben

Erste Uniwoche

»Hey, ich setze mich noch mit Matt und den anderen unter die Eiche, hast du Lust mitzukommen?«

Genau diese offene Freundlichkeit fand ich an Jamie schon seit dem ersten Tag so sympathisch. Entsprechend groß war meine Freude, dass sie für dieselbe Übungsgruppe eingeteilt war, wie ich.

»Ich war eigentlich mit meiner Mitbewohnerin verabredet.« Ich klickte Jessys Nachricht weg und ließ mein Handy in die Jackentasche gleiten. »Aber sie hat gerade abgesagt. Ich bin dabei!«

Schnell packte ich die Unterlagen für die Übungsstunde ein, die wir eben hinter uns gebracht hatten und wandte mich Jamie zu, die mich angrinste.

»Fügung des Schicksals! Soviel ich weiß, hat einer der Typen für flüssigen Proviant gesorgt, also sollten wir uns beeilen, um auch noch etwas abzubekommen.«

Sie ließ mir den Vortritt aus dem Klassenraum und hakte sich anschließend bei mir unter, bis wir durch die großen Flügeltüren ins Freie traten.

Dieser Oktobertag war der Inbegriff dessen, was ich mir als *goldenen Herbst* vorstellte – warme Sonnenstrahlen fielen durch das Blätterdach der Bäume, die den Campus dominierten, und das farbenfrohe Laub hatte sich wie große runde Teppiche um die Stämme gelegt. Unter unseren Schuhen raschelte es, als wir den Gehweg verließen. Drei unserer Kommilitonen hatten auf den riesigen Wurzeln des alten Baumes Platz gefunden, nur Sam saß davor auf dem Boden. Es überraschte mich nicht, dass es Matt war, der ein Bier aus seiner Tasche fischte, um es Jamie grinsend vor die Nase zu halten. Man sah ihm die Partylaune regelrecht an. Aber auch die Funken, die zwischen den beiden stoben, waren nicht zu ignorieren. Jeden Tag rechnete ich damit, sie hinter irgendeiner Hausecke beim Knutschen zu erwischen. Lang konnte es nicht mehr dauern. Jamie setzte sich, Bier inklusive, neben Matt, was dazu führte, dass mir nur noch der Boden blieb.

»Hier – auf meiner Jacke ist noch Platz.« Sam zwinkerte mir zu und klopfte neben sich auf den Jeansstoff. »Dann kannst du deine anbehalten.«

Mein Herz legte einen Blitzstart hin und donnerte los. *Gilt das als Betrug? Nein. Nein, ich setze mich nur auf seine Jacke. Lächerlich!*

Angestrengt bemüht, Sam nicht unabsichtlich zu berühren, setzte ich mich neben ihn. *Aber dass dir so übermäßig bewusst ist, wie viel Wärme er neben dir ausstrahlt, fühlt sich falsch an.*

»Bier hab ich leider keines mehr. Sorry, Louisa«, warf Matt ein, der bisher in seiner Tasche gewühlt hatte.

»Bitte sag Lou zu mir. Und: kein Problem!«

Dass ich gleich Anschluss zu meinen Studienkollegen

fand, zerstreute meine letzten Zweifel, ob ich es hier aushalten konnte. Auch wenn dazu nicht mehr viel nötig gewesen war, Jessy ging als Vorzeigeexemplar einer Mitbewohnerin durch.

»Lou also. Mag ich. Wir können teilen, wenn du willst.«

Sam hielt mir seine Bierflasche hin, während mein Gehirn noch damit beschäftigt war, etwas ganz anderes zu verarbeiten: Die Art, wie er meinen Namen aussprach – wie ein Kosewort hatte er sich aus seinem Mund angehört. Die Tatsache, dass sein leicht britischer Akzent dabei durchkam, unterstützte diesen Effekt definitiv. Erst als ich das kühle Glas der Bierflasche an meinen Lippen spürte, registrierte ich, dass ich Sams Angebot offenbar geistesabwesend angenommen hatte.

»Ich werde auch lieber Sam genannt, das entspricht mehr meiner Persönlichkeit. Samuel klingt so hochgestochen. Und zu dir passt Lou viel besser als Louisa.«

Er hat es schon wieder gesagt!

»Woher weißt du das? Wir kennen einander doch erst seit vier Tagen.«

»Intuition.« Sein Finger streifte meinen, als er die Flasche wieder entgegennahm. »Und Beobachtung.«

Er setzte an und trank einen Schluck, was meinen Blick unweigerlich zu seinen Lippen zwang. Vor allem, weil mich die leichte Berührung unserer Finger noch immer beschäftigte. *Du hast einen Freund! Reiß dich zusammen!*

»Interessant.« Das war mein Versuch, eine unverfängliche Antwort zu geben.

»Ist der kleine Bruder von Scheiße.«

»Wie bitte?«

»Interessant. Ein Wort, das verwendet wird, um höflich

zu verbergen, dass man etwas nicht mag oder langweilig findet. Glaub mir, damit kenne ich mich aus!«

»Ich verwende es nicht so.«

»Du findest mich also wirklich interessant? Interessant.«

Meine Wangen glühten und so angestrengt ich es auch versuchte, mir wollte keine schlagfertige Antwort einfallen. Sam schüttelte schmunzelnd den Kopf, murmelte ernsthaft ein weiteres Mal meinen Namen und setzte die Flasche erneut an.

Irgendwie war aus Anschluss zu meinen Kommilitonen *Kontakt zu verhängnisvoll-umwerfendem Uni-Kollegen* geworden und das war nicht gut.

Schlechtes Gewissen wallte in mir auf. *Verdammt.*

Zuhause wartete Drew auf mich und ich reagierte beim ersten näheren Kontakt zu einem anderen Mann mit Schmetterlingen im Bauch und Hitzewallungen.

Glücklicherweise verwickelte Jamie mich in ein Gespräch darüber, wie die erste Uniwoche gelaufen war, und lenkte mich so von Sam ab. Aber sein melodisches Lachen erinnerte mich ständig daran, dass ich neben ihm saß.

»Leute, Zeit weiterzuziehen!«, rief Matt nach einiger Zeit aus und reichte Jamie eine Hand, um ihr in Gentleman-Manier aufzuhelfen. Schnell stand ich auf, bevor Sam auf die Idee kam, es seinem Freund nachzutun. Ich hatte in all den Jahren, in denen ich mit Drew zusammen war, nie das Verlangen nach einem anderen außer ihm gehabt. Aber dann war ich Sam begegnet und mit jeder Sekunde in seiner Gegenwart traute ich mir und meinen Gefühlen zu Drew weniger.

Was passiert hier? Ich sollte gehen.

»Kommt ihr?« Jamie grinste mich an, einen Arm um Matts Mitte geschlungen.

»Ich mach mich auf den Heimweg! Aber ein anderes Mal bestimmt. Viel Spaß noch!«

»Okay! Sam?«

»Passe. Morgen Frühdienst.«

Jamies Augen verengten sich für eine Sekunde und ich fühlte mich sofort von ihr durchschaut. Dann winkte sie zum Abschied und das Grüppchen machte sich auf den Weg. Sam neben mir schlüpfte in seine Jacke und pfiff einen Beatles-Song. *Come Together.* Dads Obsession für die Beatles hatte mich eindeutig geprägt.

»Musst du zum Wohnheim?« Sams Lächeln und sein direkter Blick trafen mich unvorbereitet, als ich mich zu ihm umdrehte, um zu antworten.

»Nein. WG.«

»Hmm. Kluge Entscheidung. Ich auch. Bus?«

Ich nickte, während ich innerlich wie ein kopfloses Huhn versuchte, ein sinnvolles Gedankenkörnchen zu finden. *Konversation – wie ging das noch gleich? Beatles!*

»Du bist also Beatles-Fan?«

»Wer ist das nicht?« Er zwinkerte mir zu. »Aber ich bin überrascht, dass du es so schnell erkannt hast.«

Wie selbstverständlich begann Sam in Richtung der Busstation zu gehen. Wobei mir noch nicht klar war, ob er ebenfalls in diese Richtung wollte, oder ob er mich nur begleitete.

»In meiner Kindheit gab es keinen einzigen Tag, an dem ich nicht mindestens einen Song von ihnen gehört habe – dafür hat mein Vater gesorgt.«

»Er würde sich mit meiner Mum verstehen. Sie nannte es *Frühkindliche Musikerziehung*.«

Sams Versuch, bei den letzten zwei Wörtern Mimik und Tonlage seiner Mutter zu treffen, führte dazu, dass ich lachen musste, weil ich sie mir als steinalte britische Lady vorstellte.

»Du siehst noch viel mehr nach Lou aus, wenn du lachst.«

»Sam.« Sein Satz hatte mich abrupt stehenbleiben lassen: Weil er sich wie ein Kompliment anfühlte, obwohl ich nicht einmal wusste, was er wirklich bedeutete. Weil ich ihn danach fragen wollte und zugleich befürchtete, dass mir die Antwort zu gut gefiel.

»Lou.« Er war ebenfalls stehengeblieben. Gefährlich nahe.

»Du flirtest mit mir.«

»Das tue ich.« Er hatte ein Lächeln auf den Lippen, das Freiheit, Leichtigkeit und Abenteuer versprach – zumindest nach meiner Interpretation.

»Soll ich damit aufhören, Lou?«

Ich war unfähig zu antworten und damit die Stimmung dieses kurzen Augenblicks, der nur uns beiden gehörte, zu zerstören. Also beobachtete ich, wie er immer näherkam. Sein Blick hielt meinen mit einer Intensität fest, die mich nie wieder loslassen würde. Erst jetzt wurde mir klar, wie groß Sam wirklich war, weil ich meinen Kopf immer mehr in den Nacken legen musste, je näher er kam. Ich wollte nicht, dass er aufhörte, mit mir zu flirten. *Aber ich sollte es wollen!*

»Gehst du bitte mit mir aus, Lou?«

Irgendetwas in mir zersprang als mir klar wurde, dass ich ihm jetzt die Wahrheit sagen musste. Dass ich diese leichte und doch aufgeladen knisternde Stimmung zwischen uns brechen und mich nie wieder so mit ihm gehenlassen durfte.

»Das geht nicht. Ich habe einen Freund«, sagte ich und hatte das Gefühl, als hätte sich mein Inneres irgendwann an diesem Abend in zwei Teile gespalten: Louisa, das brave Mädchen vom Land, das eine Fernbeziehung mit ihrer ersten Liebe führte. Und Lou, die lockere Studentin, die nur zu gerne wüsste, wie es sich anfühlen würde, den charmanten, lustigen Studienkollegen zu küssen, der ihr mit einem Blick die Knie in Gummi verwandelte.

In einem anderen Leben würde ich ja sagen, Sam!

»Okay.«

Er wurde nicht sauer, war nicht beleidigt, sein Ego wirkte nicht im Geringsten angekratzt. Stattdessen begleitete er mich weiter bis zur Busstation, die Hände tief in die Taschen seiner locker fallenden Jeans versenkt und plauderte über seine Arbeit in einem kleinen Café.

Erst als mein Bus um die Ecke bog, hatte ich einen Augenblick lang das Gefühl, als würde er bedauern, dass dieser Abend so schnell vorbeigegangen war. Einer seiner Mundwinkel verzog sich zu einem halben Lächeln, während er sich mit der rechten Hand in einer flüssigen Bewegung die Kapuze seines Hoodies über den Kopf zog. Und als mich nur noch ein Schritt vom Einstieg trennte, rief er noch einmal meinen Namen.

»Sollte sich etwas ändern, weißt du ja, wo du mich findest. Das Angebot steht. Mach's gut, Lou!«

Ich versuchte mich an einem Lächeln, hob eine Hand

und wusste ohne Zweifel, dass ich mich in Schwierigkeiten gebracht hatte. Vor und nach den Vorlesungen würde ich es vielleicht schaffen, ihm aus dem Weg zu gehen, aber ich musste jede Woche mehrere Stunden mit ihm in dieser Kleingruppe verbringen. Sam hatte sich mit jedem mir überdeutlichen Detail und durch die Anziehung, die zwischen uns entstanden war, tief in meine Erinnerung gegraben. Er ging mir unter die Haut. Und dort konnte ich ihm nicht aus dem Weg gehen.

Kopfkino

Gegenwart

»Entschuldigung! Danke, du bist die Beste!«

Sams Flüstern unterbrach meine Gedanken abrupt und holte mich zurück in die Realität. Ich sah gerade noch, wie Jamie von mir wegrutschte, um Sam Platz zu machen. Sein offenes Lächeln brachte mich innerlich völlig aus dem Gleichgewicht. Wie sollte ich diese Aufgabe mit ihm erledigen, wo seine schiere Anwesenheit den Großteil meiner Gehirnzellen lahmlegte, während sich die Empfindsamkeit sämtlicher anderer Körperbereiche verzehnfachte?

»Hey, Lou. Wir sind ein Team!« Er hielt mir seine Faust hin.

Ohne auch nur eine Sekunde darüber nachzudenken, drückte ich meine dagegen und ein Kribbeln jagte, von meiner Hand ausgehend, über meine Haut, bis es als nervöses Flattern in meinem Herz ankam.

Ich war noch dabei, mich innerlich gegen die Gänsehaut zu wehren, die unsere kurze Berührung ausgelöst hatte, als sein Ellenbogen mich sanft in die Seite stieß. Da erst bemerkte ich, dass sich die zähe Masse aus Studenten in Bewegung setzte und auf wundersame Weise in energiegeladene junge Erwachsene verwandelte. Allgemeines Gemurmel und ein wohltuender Strom Frischluft fluteten den Raum, als die schweren Hörsaaltüren aufgestoßen wurden.

Ich erhob mich und gab mir selbst das Versprechen, mich zusammenzureißen und wie die intelligente junge Frau zu verhalten, die ich war. Meine langen, glatten Haare band ich zu einem tiefsitzenden Pferdeschwanz, damit ich nicht in Versuchung kam, mit einer der dunkelblonden Strähnen zu spielen, denn das zerstörte regelmäßig mein hart erkämpftes Pokerface. Sam grinste dann immer nur wissend, als wäre ihm völlig klar, wie er auf mich wirkte und das wiederum schürte die Spannung in mir.

»Zu mir oder zu dir?«, fragte er, sobald ich in meine Jeansjacke geschlüpft war. Seine linke Augenbraue wanderte nach oben, was die schelmische Anzüglichkeit in seinem Blick verstärkte. Und schon verblasste mein Vorsatz, cool zu bleiben, neben den verdammten Bildern in meinem Kopf. *Sam, der meine Hand nimmt und mich sanft zu sich zieht. Seine Lippen, die sich auf meine legen und – Stopp!* Ich hatte den Gedanken an ihn schon zu häufig mit sehr realen Handlungen meinerseits in Verbindung gebracht und dabei war mein Kopfkino stets ausverkauft gewesen. Das hier würde peinlich werden, so viel war klar. Denn ich befand mich nicht allein in meinem Bett, wo ich meine Hand eben da hinwandern lassen konnte, wo sich das Kribbeln gerade verdichtete, sondern in einem Hörsaal voller Menschen. Und Sam. Gott. *Contenance!*

Ich räusperte mich und schloss einen Moment die Augen, um endlich wieder Kontrolle über den aktiven Part meiner Hirnkapazität zu erlangen. *Fight fire with fire*, war mein Notfallplan und ich war gespannt, wie Sam darauf reagieren würde.

»Wie du willst. Meine Mitbewohnerin ist quasi nie zu

Hause, seit sie einen Freund hat, also wären wir vermutlich ungestört.« Die Bedeutung meiner Worte war mir bewusst. Ich garnierte sie mit einem Lächeln und spiegelte sein Heben der Braue. Zweideutig konnte ich auch.

Sam grinste anerkennend und schon war ich weniger unterlegen und verunsichert als noch vor wenigen Minuten. Vielleicht musste ich das Spiel einfach mitspielen.

»Wenn das so ist, sollten wir definitiv zu dir fahren.«

Das angeregte Geplauder, das uns umgab, ersparte mir jede weitere Antwort, doch sobald wir ins Freie traten, verloren sich die Gespräche und meine Gedanken wurden lauter. Die Nervosität kehrte mit voller Wucht zurück, was dazu führte, dass mir selbst die leichte Jeansjacke für diesen sonnigen Frühlingstag viel zu heiß erschien. *Schweißperlen, na großartig!*

Was, wenn wir einander nichts zu sagen hatten? Oder er mir die ganze Arbeit überließ? Was, wenn …

»Ich hoffe, es stört deinen Freund nicht, dass du mich mit auf dein Zimmer nimmst!« Sam sah mich nicht an, wodurch ihm der Anflug von Panik glücklicherweise entging, der mich in der Bewegung innehalten ließ.

»Äh nein, das ist kein Problem«, bemühte ich mich, locker zu klingen, und machte ein paar schnellere Schritte, um wieder zu ihm aufzuholen. *Shit. Er denkt, ich wäre noch immer vergeben. Will ich das? Ja. Oder?*

Ich hatte mir selbst versprochen, mich nur auf mich und mein Studium zu konzentrieren, nach all den Enttäuschungen, die das letzte halbe Jahr mit sich gebracht hatte. Ja, vermutlich war es gut, dass er die Situation falsch einschätzte. Nur hatte sich nach meiner Antwort ein Knoten in meiner Brust breitgemacht und mir brannte die

Wahrheit so sehr auf den Lippen, dass ich fürchtete, sie würde einfach herauspurzeln, sobald ich meinen Mund öffnete. Als Sam mich nun doch ansah, nahm ich schnell die letzten Stufen hinunter zur Straße und nickte in Richtung Busstation.

»Und, welches Thema haben wir ergattert?«, fragte ich in dem verzweifelten Versuch, das Gespräch und meine Gedanken in sichere Gewässer zu manövrieren. Ich hoffte auf eine einfache Aufgabenstellung, die sich schnell abhandeln ließ.

»Keine Ahnung.«

»Du hast den Umschlag noch nicht geöffnet?«

»Nope.«

»Okay.« Ich wartete darauf, dass er ihn spätestens jetzt aus seiner Tasche holen würde, aber er schien nicht daran zu denken. Stattdessen grinste er mich wissend an und mich überrollte dieses überwältigende Gefühl, für ihn so durchschaubar wie Glas zu sein. Nur bezweifelte ich, dass ihm klar war, wie zerbrechlich Glas sein konnte. Vor allem, wenn es schon Risse hatte. Wenn es schon zu oft fallengelassen worden war. Ein Windstoß wäre vermutlich ausreichend, um es zum Bersten zu bringen.

Ein Riss

Ein halbes Jahr zuvor

»Fünf Minuten noch, dann sind wir zu Hause und du hast ein Wochenende Pause vom wilden Studentenleben.«

Ich riss meine Aufmerksamkeit von meinem Smartphone los, gerade rechtzeitig, um zu sehen, wie Dads Blick zurück zur Straße schnellte. *Wild* war das letzte Wort, das mir einfiel, um mein Leben zu beschreiben. Aber meine Erzählungen hatten Dad nie davon abgehalten, seine Studienzeit mit meiner zu verwechseln.

»Mhm«, stimmte ich ihm wortlos zu, und öffnete ein weiteres Mal die Nachricht von Drew.

Drew: Okay, dann sehen wir uns morgen Nachmittag! Komm gut an! x

Das war seine Antwort darauf gewesen, dass ich den ersten Tag mit meinen Eltern verbringen wollte. Ich schob das Wiedersehen mit ihm auf. Offensichtlich. Nur wusste ich noch nicht genau, warum.

Wir kamen dem kleinen Nest, in dem ich aufgewachsen war, immer näher und mit jeder Minute wurde ich nervöser. Ich hatte mich auf diesen Tag gefreut. Irgendwie. Darauf, meine Eltern wiederzusehen, auf eine Pause vom Großstadtleben und auf Drew. Auch Rose, von der ich seit dem Kindergarten nie länger als zwei Wochen getrennt gewesen war, hatte ich über einen Monat nicht mehr gesehen und unsere sonst so eingeschworene Freundschaft wankte schon jetzt aufgrund der Entfernung. Es gab in unserem Leben keine Überschneidungspunkte mehr. Aber mit Drew war es fast noch schlimmer. Seit Wochen spürte ich, wie sich die Distanz langsam zwischen uns ausbreitete und immer tiefer und verwirrender wurde.

»Louisa!«

»Hm?« Schon heute Morgen, als Dad mich zur Begrüßung fest in den Arm genommen hatte, waren die Schatten unter seinen Augen für mich nicht zu übersehen gewesen. Genauso wenig, wie ich den leicht muffigen Geruch seines Pullovers ausblenden konnte, der nun seit vier Stunden den Innenraum des Autos dominierte. Es war der Moment unseres Wiedersehens gewesen, in dem sich das ungute Gefühl in meiner Brust breit gemacht hatte, dass diese Heimkehr nicht nur aus Blumen, Herzen und Liebesbekundungen bestehen würde. Dort hatte es Wurzeln geschlagen und war mit derselben Geschwindigkeit angewachsen, mit der Dad über den Highway bretterte.

»Deine Mutter und ich möchten dir später etwas Wichtiges erzählen. Sie kommt um fünf von der Arbeit. Soll ich dich vorher bei Drew absetzen?«

»Nein. Ich werde da sein.« Seit wann war Mum für ihn *deine Mutter* und nicht Sharon?

Wir passierten das Willkommensschild, das die Stadtgrenze markierte, und alles sah so aus wie immer. Aber es fühlte sich anders an.

»Dad, kannst du mich bitte doch zuerst zu Drew bringen? Ich bin rechtzeitig zurück.«

Er brummte zustimmend und setzte den Blinker. Bis fünf blieb mehr als genug Zeit, um Drew zu besuchen. Er war schließlich mein Freund und vermutlich war es normal, dass es anfangs zu Kommunikationsschwierigkeiten und seltsamen Gefühlen kam, wenn man sich von einem Moment auf den anderen nicht mehr täglich sah.

Fernbeziehung – wer wusste schon, ob unsere Liebe stark genug dafür war, aber einen Versuch war es wert. Jetzt gerade fühlte ich mich verloren und fehl am Platz in dieser Kleinstadtidylle – in meinem alten Leben. Vielleicht würde es helfen, mich einfach in Drews Arme fallenzulassen. Vielleicht konnte ich bei ihm ankommen.

Dad gähnte zum millionsten Mal auf dieser Autofahrt, parkte am Straßenrand und rieb sich die Augen.

»Bis später. Und denk an die Uhrzeit!«

Ein Versprechen murmelnd lehnte ich mich über die Mittelkonsole, drückte ihm einen Kuss auf die Wange und stieg aus dem Wagen.

Zwischen mir und der Eingangstür von Drews Elternhaus wand sich ein schmaler Weg aus hübschen runden Steinen, umgeben von makellosem Rasen. Überraschend heftig schoss mir die Nervosität erneut in den Magen. Bei jedem Schritt in Richtung der drei hölzernen Verandastufen hoffte ich, nicht in den Vorgarten zu erbrechen und die akribisch ausgewählten Blumen zu zerstören, die den ganzen Stolz von Drews Mum darstellten. Dann stand ich vor der Veranda. Drei Schritte und ich würde Drew wiedersehen.

Drei – alles wird gut.
Zwei – es wird so sein, wie es immer war.
Eins – einfach klingeln und lächeln.

Drews Mutter öffnete die Tür und ihre Augenbrauen schnellten nach oben. Dort blieben sie auch noch, als sie ein Lächeln aufsetzte.

»Louisa! Hi. Wow. Okay. Komm rein, ich hole Drew.«

Was in aller Welt war das für eine Reaktion gewesen? Sie verschwand in die Küche und flüsterte etwas, das verdächtig nach »… kann ja heiter werden« klang. Ich trat mir, wie üblich, die Schuhe von den Füßen, um den cremefarbenen Teppichboden nicht zu versauen. Aktuell war ich mir nicht mehr sicher, ob mir nur übel war, oder ob mein Herz vorhatte, durch meinen Hals zu entkommen. Schön war das Gefühl jedenfalls nicht.

Drew kam um die Ecke. Im Flanellpyjama und mit irritierend ordentlicher Frisur. Wie immer. Nur dass ich es irgendwie nicht mehr süß fand. Und sein Blick …

»Lou, du bist hier! Ich dachte, wir sehen uns erst morgen?«

Vielleicht wurde ich paranoid, aber Drews Stimme klang so aufgesetzt, wie das Lächeln seiner Mutter immer noch aussah, die ihm nun kurz die Hand auf die Schulter legte und dann ins Wohnzimmer verschwand.

»Überraschung?« Meine Stimme zitterte. Warum nahm er mich nicht endlich in den Arm und beendete die Folter? Kein Kuss, keine Umarmung. Statt der erhofften Geborgenheit schlugen mir ganz andere Gefühle entgegen.

»Komm mit und ... äh ... setz dich erst mal.« Er fuhr sich durch die Haare, verzog die Lippen zu einem unsicheren Lächeln und ging voraus. Ich folgte ihm nach rechts in die offene Küche und hatte das Gefühl, als hätte man mir zwei Jahre, in denen ich hier wie ein Familienmitglied ein- und ausgegangen war, innerhalb einer Sekunde entrissen.

»Drew, was ist los?« Ich kam direkt zum Punkt, ohne mich zu setzen, denn das verdammte Machtgefälle fühlte sich schon jetzt unerträglich an. Als wäre ich unbewaffnet in eine Schlacht gestolpert, von der ich nicht einmal gewusst hatte, dass ich sie schlagen musste.

»Lou ... scheiße, wie macht man sowas?« Er nahm meine Hände, seine waren feucht. Mein Hirn war leer und trocken wie eine unendliche Wüste. Brachland.

»Ich schaffe das nicht. Das mit der Fernbeziehung. Hab's schon in den ersten Wochen gemerkt. Es war mies ohne dich und da war so viel Zeit. Ich ... «, wieder brach er ab und am liebsten hätte ich ihm gesagt, dass er nicht weitersprechen musste. Dass ich ihn sogar verstehen konnte und das Ende ebenfalls hatte kommen sehen, wenn auch nicht so schnell. Aber mein Mund blieb stumm. Stattdessen erklang eine andere – vertraute – Stimme.

»Hey, Babe, wann triffst du dich morgen mit ... Lou!« Rose war – in ein Handtuch gewickelt – die Stufen aus dem Obergeschoss heruntergehüpft und ihr schockierter Gesichtsausdruck war zweifelsfrei eine glasklare Spiegelung von meinem. Nur dass mir dabei Tränen über die Wangen liefen. *Scheiße.* Meine Hände sackten nach unten, als Drew sie wie heiße Kartoffeln fallenließ und einen Schritt zurücktrat. Rose nahm die letzten Stufen so langsam, dass sie den Moment in eine verdammte Zeitlupenszene aus einem Teenie-Film verwandelte. Sie sah dabei abwechselnd zu Drew und mir, frisch und schön, mit geröteten Wangen, wie die Prom-Queen dieses Dramas. Wir waren eine Einheit gewesen und hatten unzählige Stunden als Trio verbracht. Rose hatte es nichts ausgemacht, dass man Drew und mich eines Tages nur noch im Doppelpack antraf. Irgendwann waren wir ein Team, eine Clique geworden. Und als ich zum Studium aufgebrochen war, hatte ich sie gebeten, füreinander da zu sein, während ich weg war. *Ich Vollidiot.*

»Dann ist die Katze jetzt also aus dem Sack!«

Sie stellte sich neben Drew. *Wenn sie jetzt seine Hand nimmt …*

Und schon schoben sich ihre Finger zwischen seine – unauffällig, unschuldig, selbstverständlich – und in mir entstand ein Riss.

»Das ist … das Letzte«, murmelte ich und erschrak selbst über meine Worte, weil sie meinen Mund völlig unbewusst verlassen hatten.

»Wie bitte?« Rose zog die Augenbrauen zusammen und ich war mir sicher, sie hatte mich genau verstanden. Ihre Hand lag noch immer in seiner und als ich sah, dass er auch noch beruhigend mit dem Daumen über ihre Haut strich, kippte meine Ungläubigkeit in Fassungslosigkeit und mein Schmerz wurde zu Wut.

»Wie kann man so wenig Rückgrat oder Beherrschung haben? Wann habt ihr denn damit begonnen, mich zu verarschen? Erst als ich zur Uni gegangen bin oder schon davor? Eine Woche danach? Nein. Sagt es mir nicht. Das ist so ekelhaft.«

Ich konnte die beiden nicht mehr ansehen. *Ich muss hier raus!*

»Ach komm schon, du hast dich doch schon lange nicht mehr für Drew interessiert, das war offensichtlich!«

Roses Worte ließen mich in der Bewegung erstarren. *Das kann nicht ihr Ernst sein!*

»Ich weiß nicht wie du darauf kommst, aber selbst wenn es so wäre, würde das noch immer nichts entschuldigen.«

»Mädels, bitte!«

»Oh nein. Nein, Drew. Du Arschloch.« Ich hatte mich wieder zu ihnen umgedreht und sah jetzt, zitternd vor Wut, in ihre erschrockenen Gesichter.

»Du – Arschloch – sagst jetzt gar nichts. Ich gehe.«

»Du hattest ihn nie verdient.« Rose war grundsätzlich nicht gut darin, jemand anderem das letzte Wort zu überlassen. Aber diesmal trieb sie mich damit an den Rand einer Explosion.

Ich halte das nicht länger durch!

»Stimmt. Ihr verdient einander! Und am Ende – Rose – denk an mich, wenn du allein und traurig übrigbleibst. Ohne Freunde. Eine Freundin, die so einen Scheiß macht, braucht niemand. Schade, dass ich so lange gebraucht habe, um dich wirklich kennenzulernen.«

»Das hast du nicht …« Drew zog Rose in seine Arme, die im Begriff gewesen war, auf mich zuzugehen und ich wusste, dass ich dieses Haus schleunigst verlassen musste. Bevor ich das letzte Fünkchen Beherrschung und Würde für die beiden opferte. Dabei gab es so viel, was ich Drew gerne noch an den Kopf geworfen hätte:

Deine Spießerfrisur sieht bescheuert aus, du bist ein Muttersöhnchen und hast es in zwei Jahren nicht geschafft, mir auch nur einen Orgasmus zu bescheren. Es ist lächerlich, dass du deine Kleidung immer sofort zusammenfaltest, sogar direkt, nachdem wir gerade Sex hatten. Du kannst nicht allein sein, weil es dir an Persönlichkeit fehlt und dein Musikgeschmack ist grottig. Ich hasse es, dass es mir trotzdem das Herz bricht, dass du mir meine beste Freundin, die letzten Jahre und meine Hoffnung auf eine Zukunft mit dir gestohlen hast. Aber zumindest werde ich dank dir nie wieder so naiv sein. Arschloch.

Anstatt die Worte auszusprechen, brüllte ich sie innerlich und ging. Bemüht, das Schluchzen zurückzuhalten, bis die Tür hinter mir ins Schloss gefallen war.

Das Netz

Gegenwart

»Mache ich dich nervös?« Sam lehnte an der niedrigen Mauer, die das etwas höher gelegene Unigelände einschloss und vom Gehweg trennte.

Was? Oh verdammt. Diesmal entging ihm meine Reaktion garantiert nicht. Vermutlich starrte ich ihn an, wie ein Reh das herannahende Scheinwerferlicht. Wollte er mich absichtlich blamieren, oder war er unfähig zu normaler Kommunikation? Selten hatte ich das Einfahren eines Busses so herbeigesehnt.

»Wie kommst du darauf?« *Sehr eloquent ... Eine Gegenfrage. Innerlicher Facepalm!*

Sam lachte, aber ich fühlte mich nicht ausgelacht. Weil er sich dabei nach vorne lehnte, eine Hand hob und die Außenseiten seiner Finger für einen winzigen Augenblick sanft an meine Wange legte. Sein Lachen wurde zu einem Lächeln, als meine Hand automatisch an die Stelle schnellte, an der eben noch seine Finger gelegen waren. Seine Berührung hatte sich angefühlt wie kühlende Lotion auf Sonnenbrand.

»Deine Wangen verraten dich.«

»Du bist ziemlich direkt.«

»Stimmt.«

Es waren nicht nur meine Wangen. Mein Herz überschlug sich, sodass es sich anfühlte, als ob mein ganzer

Körper in seinem Rhythmus pochte.

»Bekomme ich eine Antwort?«

Gefiel es ihm, zu hören, wie übertrieben ich auf ihn reagierte? Wie ein Teenager. Oder eine Jungfrau. *Meine Güte, ich sollte mich wirklich entspannen!* Ich hätte meinen Kopf am liebsten in kaltes Wasser getaucht.

»Ja«, gab ich zurück und versuchte, meinen flauen Magen zu ignorieren.

»War das jetzt die Antwort auf die eigentliche Frage oder auf die, ob ich eine Antwort bekomme?«

Die absurde Situation brachte mich zum Lachen und Sam beobachtete meine Reaktion schmunzelnd. Unser Bus fuhr ein und er stieß sich von der Mauer ab, um mir mit großer Geste den Vortritt zu überlassen. Ich stieg ein und rutschte auf einen Fensterplatz. Als Sam sich neben mich setzte, berührten sich unsere Knie und seinen Blick spürte ich nicht weniger körperlich. Er wartete ab, während ich in dem Chaos in meinem Kopf nach einer Antwort suchte, die zumindest einen Teil meiner Würde bewahren konnte. Doch bevor ich auch nur die leiseste Ahnung hatte, was ich sagen wollte, drehte sich Sam abrupt in meine Richtung, so als wollte er sich vor jemandem verstecken. Sein geflüstertes »Shit« hörte sich ernster an, als alles, was ich ihn je hatte sagen hören.

»Bitte, sieh dich nicht um und sag auf keinen Fall meinen Namen. Erzähl mir etwas. Bitte – irgendwas.«

In seinen Augen stand Sorge, aber seine Brauen waren zusammengezogen, als wäre er verärgert. Ich kam seiner Bitte nach, obwohl sein untypisches Verhalten mich dazu drängte, herauszufinden, wer ihn so aus dem Gleichgewicht brachte. Sam ohne seine Unbeschwertheit zu sehen, machte mich neugierig. Weil es ihm aber wichtig zu sein schien, begann ich von meinem Lieblingsrezept für *Overnight Oats* zu schwärmen, bis ein hübsches dunkelhaariges Mädchen direkt vor der Glasscheibe stehenblieb, die unsere Sitze vom Ausstiegsbereich trennte. Sams Aufmerksamkeit schoss zu ihr und er erstarrte.

»Sam. So ein Zufall.« Das Mädchen klang nicht erfreut über das Wiedersehen.

Sam wandte sich ihr zu, ließ sich aber gegen die Lehne sinken. Jetzt wirkte er zwar noch immer bedrückt, aber zumindest wieder ähnlich souverän, wie ich ihn kannte.

»Olive«, sagte er ruhig. »Alles klar bei dir?«

»Spar dir die Floskeln, Sam. Ich nehme an, sie kennt dein Geheimnis noch nicht und du wickelst sie gerade in dein Netz ein. Sobald sie die Wahrheit herausfindet, wird sie schreiend weglaufen.« Sie warf mir einen abschätzigen Seitenblick zu, fixierte dann aber wieder Sam.

»Hör zu, Olive. Ich wickle niemanden in Netze. Es tut mir leid, dass du verletzt wurdest. Das war nicht meine Absicht. Außerdem, nicht jeder denkt so verstaubt wie du.«

»Verstaubt? Pass auf, was du sagst. Das, was ich über dich weiß, kann dir so manche Tür für immer verschließen.« Olive lächelte kalt.

Selten war mir ein Mensch so schnell unsympathisch gewesen wie sie und das, obwohl ich nichts über sie wusste. Hatte ich Sam falsch eingeschätzt? Etwas in mir konnte das nicht glauben, denn auch jetzt sah er nicht schuldbewusst oder wütend aus. Eher verletzt. Er gab ihr keine Antwort, sondern schüttelte nur traurig den Kopf.

»Perversling«, murmelte Olive. Sobald der Bus zum Stehen kam, stieg sie aus und war verschwunden.

»Was zur Hölle?« Weil ich nicht wusste, was ich von alldem halten sollte, verließen die Worte ungefiltert meinen Mund.

Sam sah auf und schien überrascht, dass ich noch hier war. *Was für ein Geheimnis hat er? Soll ich vorsichtig sein? Warum nur ist alles was ich gerade empfinde Mitgefühl?*

»Verdammt lange Geschichte«, sagte er und stieß laut Luft aus, als hätte er sie unbewusst angehalten.

»Sind die besten.«

»Da ist was Wahres dran.« Er rieb sich mit beiden Händen über das Gesicht.

»Wir müssen nächste Station raus.« Ich deutete mit dem Kopf in Richtung Türe.

Er nickte, brauchte aber einen Moment, ehe er aufstand. Draußen sah er mich mit einem Lächeln an, das gleichzeitig traurig und abgeklärt wirkte.

»Tut mir leid, dass du das mitgekriegt hast, Lou. Wenn du also schreiend davonlaufen willst …«, wiederholte er Olives Worte und streckte einen Arm aus, als Symbol, dass er mich nicht aufhalten würde.

»Ich weiß doch nicht einmal, wovor ich weglaufen soll. Und außerdem haben wir ein Projekt vorzubereiten.« Ich konnte mir nach wie vor keinen Reim auf die Angelegenheit machen, aber mein Entschluss stand fest: Ich würde selbst urteilen und mich dabei nicht von Olive beeinflussen lassen. Aber ich musste mehr wissen, sonst würden mich ihre Worte nicht wieder loslassen.

Sam nickte stumm, doch ein Mundwinkel zuckte nach oben, als wollte das Grinsen, das so zu ihm gehörte, seine Rückkehr feiern. Seine Lippen verzogen sich tatsächlich zu dem verschmitzten Lächeln, das mich wie üblich ansteckte. Es fühlte sich an wie ein kleiner Sieg. Ich löste den Blickkontakt und als ich mich in Bewegung setzte, konnte ich seine Anwesenheit an meiner Seite spüren, obwohl uns einige Zentimeter trennten. Etwas war anders als zuvor. Und während wir um die Ecke bogen, wurde mir klar, was sich geändert hatte. Das wilde Flattern in meiner Magengegend, diese latente Übelkeit, die mich in seiner Gegenwart sonst lähmte, war verschwunden. Die Schmetterlinge in mir schienen etwas langsamer mit ihren Flügeln zu schlagen. Er ließ mich nach wie vor nicht kalt, aber meine Nervosität hatte sich gelegt. Vor Erleichterung entspannten sich meine Schultern.

Zu sehen, dass auch er nur ein Mensch mit Vorgeschichte und Gefühlen war, hatte ihn von diesem Sockel geholt, auf den ich ihn platziert hatte. Ja, auch er hatte ein Päckchen zu tragen. Und wenn ich an Olives Bissigkeit dachte, oder die subtile Traurigkeit, die in seinem Blick, seiner Stimme, seiner gesamten Ausstrahlung zu sehen gewesen war, wog dieses Päckchen schwer.

Vielleicht würde ich doch dazu imstande sein, mit Sam zusammenzuarbeiten.

Als wir wenige Minuten später die Wohnung betraten, erkannte ich auf einen Blick, dass Jessy da gewesen war. Schmutzige Kleidung türmte sich in einem knallbunten Haufen auf dem alten Parkett vor der Badezimmertür, ihr Unikram flutete den Küchentisch und in dem kleinen

Dekoschälchen am Küchenfenster erkannte ich die letzten Reste eines Joints.

»Hier sieht es nicht immer so aus.« Hektisch schob ich ihre Papiere zu einem Stapel zusammen und sah Sam entschuldigend an.

»Kein Ding, du kennst meinen Mitbewohner nicht. Gegen ihn bin ich ordentlich und das will etwas heißen.« Er zuckte die Achseln und ließ sich zu seinem schiefen Grinsen hinreißen. Ob er nun auf dem Podest stand oder nicht, dieses Lächeln brachte mich noch immer aus dem Gleichgewicht. In Kombination mit dem süßlichen Duft, der in der Luft hing, fühlte ich mich seltsam high. Ich kippte das Fenster und leerte das Schälchen. *Besser!*

„Dem Chaos nach scheint sie, wie üblich, ziemlich in Eile gewesen zu sein. Nachdem keine Musik läuft und Jessy auch nicht in Jogginghose und BH vor uns steht, scheint sie schon wieder abgerauscht zu sein. Wasser?« Ich hob fragend ein Glas und er nickte, während seine Augen amüsiert funkelten.

»Jessy klingt nach einer unterhaltsamen Mitbewohnerin.«

»Oh ja, das ist sie. Wenn ich sie zu Gesicht bekomme.«

Jessy und ich waren eine Woche vor unserem ersten Unitag hier eingezogen. Wir hatten einander zuvor noch nie gesehen und ich erinnerte mich an die Horrorgeschichten, die meine Mutter mir wochenlang erzählt hatte, um mich doch davon abzubringen, mit einer Fremden in eine WG zu ziehen. Ihr war nicht klar gewesen, dass es in Studentenheimen noch wesentlich wilder zuging. Jessy hatte sich als absoluter Glücksgriff entpuppt. Sie war mein genaues Gegenteil.

Wo ich still abwartete, sprintete sie mitten hinein. Wo ich zu pingelig war, verursachte sie absolutes Chaos. Sie war quirlig und vorschnell. Ich war ruhig und direkt. Doch die wahre WG-Magie lag in unseren Gemeinsamkeiten. Wir waren effizient in dem, was wir taten, teilten denselben Humor und wir redeten gerne nächtelang über alles, was uns beschäftigte.

Ich hatte unsere Gläser gefüllt und überlegte, wie ich Verpflegung und Unikram gleichzeitig in mein Zimmer tragen sollte, als Sam einen Schritt auf mich zu machte. Seine plötzliche Nähe traf mich unvermittelt, sodass ein Schwall Wasser auf meiner Brust landete und meinen beigen Pullover durchnässte, der nun von der Brust bis zum Bund meiner Jeans an meinem Körper klebte.

»Sorry, ich wollte …« Sam sah mich mit riesigen Augen und zusammengepressten Lippen an. Er hielt prustend sein Lachen zurück, was mich schließlich ansteckte und dem Unfall die Peinlichkeit nahm. »Entschuldige nochmal. Ich wollte dir nur etwas abnehmen.«

Ich füllte unsere Getränke neu auf und reichte ihm beide.

»Danke!«

»Willst du …« Er sah mich mit leicht verengten Augen an »… vielleicht vorausgehen und mir sagen, wenn …« Jetzt grinste er wieder und räusperte sich. »… wenn die Luft rein ist?«

Sams Blick wanderte von meinem Gesicht abwärts, wo sich mittlerweile auch die letzten verirrten Tropfen ihren Weg in den V-Ausschnitt meines Pullovers gebahnt hatten. Es dauerte einige Sekunden, ehe er mir wieder in die Augen sah und die Tatsache, dass er gerade meine Brüste betrachtet hatte, führte dazu, dass mir Hitze in die Magengegend schoss. Statt jedoch verlegen zu sein, wirkte er kein bisschen ertappt. Seinen spitzbübischen Gesichtsausdruck konnte ich ausschließlich als Herausforderung deuten.

»Gut, aber du wartest hier.« Ich drehte ihm den Rücken zu, kreuzte meine Arme vor dem Körper, griff nach dem Saum meines Pullovers und zog ihn mir mit einem Ruck über den Kopf. Allein seinen Blick auf meinem Körper zu spüren, versetzte mich in einen Adrenalinrausch. Ich hatte nicht darüber nachgedacht, einfach mitgespielt. So frei und unbedacht, so schamlos, hatte ich mich noch nie verhalten. Mit einem Blick über die Schulter ließ ich meinen Pullover auf Jessys Kleiderturm fallen und sah genau das, was ich mir erhoffte: Einen Sam, der offenbar erkannte, dass ich ihn sein Spielchen heute nicht allein spielen lassen würde. Es schien ihm zu gefallen. Mir wurde heiß und zugleich bewusst, dass ich halbnackt war, also steuerte ich mein Zimmer an.

Hätte mir jemand am Anfang des Tages erzählt, dass ich so etwas tun würde, hätte ich laut gelacht. Vor allem in den letzten sechs Monaten hatte ich mir verboten, mich auf Situationen dieser Art einzulassen. Denn wer mit dem Feuer spielte, verbrannte sich auch und dazu war ich nicht bereit gewesen. Sam allerdings brachte mein temporäres Zölibat ins Wanken und es fühlte sich zu gut an, um mich dagegen zu wehren.

Olive hatte Sam pervers genannt und dennoch ließ ich die Tür so weit offen, dass ich seine Gestalt aus dem Augenwinkel ausmachen konnte. Da war dieser verhaltene Wunsch in mir, herauszufinden, was sie damit meinte.

Statt mich abzuschrecken, hatte sie mich nur noch neugieriger auf ihn gemacht.

Ich fand ein lockeres Shirt, das Jessy eines Nachts in Eigenregie für mich gekürzt hatte, wodurch ein schmaler Hautstreifen sichtbar wurde, wann immer ich meine Arme auch nur auf Brusthöhe hob. Sofort fluteten Bilder meiner Träumereien meinen Kopf. Sams Hände, die unter den losen Stoff glitten, meine Taille umfassten, sich nach oben schoben …

Zitternd nahm ich einen tiefen Atemzug. *Was um alles in der Welt tue ich hier?* Und warum hatte ich das Gefühl, dass es kein Zurück mehr gab?

Dass ich gar nicht zurück wollte …

Ich wandte mich ihm zu und streifte mir das Shirt über. Sams Blick bohrte sich in meinen, als ich meine Haare aus dem Halsausschnitt befreite. Oh ja, ein Teil von mir wollte definitiv all seine Geheimnisse entdecken.

»Die Luft ist rein«, sagte ich. Dieselbe Herausforderung, die ich zuvor in seinem Blick erkannt hatte, hörte ich nun in meiner eigenen Stimme und das bescherte mir ein Machtgefühl, das ich nicht erwartet hatte.

Sam kam auf mich zu und mein Herz schlug mit jedem seiner Schritte schneller. Ein Teil von mir wollte ihn küssen, aber eine leise Panik zupfte an meiner Aufmerksamkeit.

»Nimm ruhig den Schreibtischstuhl, ich hole für mich einen aus der Küche.« Ich trat ihm entgegen und glitt an ihm vorbei. Bemüht, ihn nicht zu berühren. Trotzdem kribbelten meine Fingerspitzen, als wir auf gleicher Höhe waren. Als würde es ihn ebenso zu mir hinziehen, wie mich zu ihm. Erst als ich ihn hinter mir gelassen hatte, atmete ich durch und verscheuchte den Tagtraum, wie er sich mir im Gang entgegenstellte, mich küsste und gegen die Wand drückte. *Atmen!*

Sam saß locker auf dem Drehstuhl und sah mich an, als ich den Raum wieder betrat. Er wirkte entspannt, hatte die Hände hinter seinem Kopf verschränkt und beobachtete mich immer noch ungeniert. Erst als ich neben ihm saß, mit seinem Geruch in der Nase, klopfendem Herzen und einem Hauch Todesangst, sprach er mich an.

»Willst du mir verraten, wieso es dir so viel Freude macht, mich zu quälen?«

Dieses Schmunzeln. Dieses Grübchen. Unsere Knie berührten einander fast. Warum lockt mich dieser Mann so sehr aus der Reserve?

»Was?«, fragte ich mit Unschuldsmiene.

Der Blick, den er mir daraufhin zuwarf, triefte vor *Ach-komm-schon-Energie* und brachte mich zum Lachen.

»Wir sollten uns auf unsere Aufgabe konzentrieren?«, sagte ich, um Ernsthaftigkeit bemüht. Das unbeabsichtigte Fragezeichen am Ende des Satzes war jedoch viel zu deutlich, um mich überzeugend wirken zu lassen.

»Du lenkst ab«, entgegnete Sam. Zu sehen, wie viel Spaß ihm dieses Geplänkel zwischen uns machte, stieg mir definitiv zu Kopf. *Oder ins Herz. In die Hose? Keine Ahnung! Auf jeden Fall tut es etwas mit mir.*

Der Schatten, den der Zusammenstoß mit Olive auf seine Unbekümmertheit geworfen hatte, war verschwunden. Aber ich dachte noch immer an ihre Worte.

»Willst du mir vielleicht erzählen, was Olive gemeint hat?« Diese Gegenfrage war zum einen eine Notlösung,

da ich mir selbst mit jeder Sekunde weniger Zurech-
nungsfähigkeit beimaß, und zum anderen eine Erinnerung an uns beide, dass es Dinge gab, die ich vielleicht
wissen sollte, bevor ich mich in diesem Spiel verlor. Ich
sah das Lächeln langsam aus seinem Gesicht verschwin-
den und vermisste es sofort.

»Ja. Das will ich tatsächlich.« *Oh!*

»Wow. In Ordnung. Moment.« Mit einem Mal schien mir
diese Unterhaltung zu ernst und zu intim, um sie mit offener
Zimmertür zu besprechen, obwohl Jessy nicht da war.
Sobald ich die Tür geschlossen hatte, wurde mir klar,
wie klein der Raum war und wie viel er davon einnahm.
Zurück an seiner Seite war mir bewusst, dass ich seiner
Ausstrahlung nun vollends ausgeliefert war.

»Bereit?«

»Keine Ahnung«, gab ich ehrlich zu.

Belustigung flackerte in seinem Gesicht auf, ehe er
sich durch die Haare fuhr und mich ernst ansah.

»Ich muss ein wenig ausholen, damit das Sinn ergibt.
In meiner Highschoolzeit habe ich Football gespielt.
Anfangs hatte ich zu niemandem aus dem Team einen
Draht. Eigentlich habe ich nie in diese Gruppe gepasst.
Machogehabe und idiotisches Verhalten waren dort der
normale Umgang. Schon nach einer Woche wollte ich
wieder aussteigen. Bis ich eines Abends mitgekriegt
habe, wie Chad sich zum ersten Mal mit seiner Meinung
gegen die Gruppe gestellt hat. Er wurde von allen als
Weichei abgestempelt und beschimpft, nur weil er sich
geweigert hat, so respektlos über Frauen zu sprechen,
wie sie es gemacht haben. Ich hatte endlich das Gefühl,

nicht der Einzige zu sein, der anders dachte als sie.«

Sam räusperte sich und trank einen Schluck von seinem Wasser, während ich weiterhin gebannt sein Gesicht fixierte.

»Also hab ich mich auf seine Seite gestellt. Von da an waren wir die Außenseiter des Teams, aber wir hatten einander. Wir haben viel Zeit zusammen verbracht, dem anderen alles anvertraut und sind uns dadurch immer nähergekommen. Und ich ...«

Sam hielt inne und in mir wuchs eine Vermutung heran. Rasend schnell und unaufhaltsam wie ein Güterzug in voller Fahrt. Sam knetete seine Hände und sein Blick stach mir ins Herz. So viele Gefühle. Sein Schmerz. Vielleicht Verlegenheit? Und noch etwas anderes. Tieferes.

»Du hast dich in ihn verliebt!«, flüsterte ich, weil ich die Spannung nicht mehr aushielt.

Er nickte nur und ich starrte ihn an.

Wie reagierte man, wenn einem der Mann, von dem man heimlich träumte, erzählte, dass er schwul war?

»Ich ... verstehe. Ich ... oh Gott. Bitte fass das nicht falsch auf.« Ich stammelte und rang innerlich um die richtigen Worte. Wie konnte ich mich so geirrt haben? Aus Scham und Überforderung blieb mir nichts als die egoistische, plumpe Wahrheit.

»Ich hab mich so lächerlich gemacht. Du stehst auf Männer und das ist natürlich völlig in Ordnung und Olive ist ein Arsch, was auch immer sie damit zu tun hat. Aber ich ... oh scheiße ... Die Sache mit dem Pullover ist so peinlich ...«

Ich schämte mich in Grund und Boden. Mein Magen fühlte sich so schwer wie ein Stein an und als mir auch noch Tränen in die Augen schossen, schlug ich mir die Hände vors Gesicht wie ein Kleinkind. Alles in mir zog sich zusammen, so als würde ich jeden Moment implodieren. Ich wünschte, das wäre möglich.

»Lou!« Sams Stimme klang so sanft, dass es wehtat.

»Hm?« Ich konnte mich seinem Blick nicht stellen.

»Du bist nicht mehr vergeben, oder?«, fragte er und bestätigte mir, dass er mich den ganzen Tag schon durchschaut hatte.

»Nein«, antwortete ich zögerlich.

»Sieh mich an und hör zu.« Seine Finger legten sich sanft um meine Handgelenke und dirigierten sie mit leichtem Druck nach unten, bis sie in meinem Schoß lagen. Mit seinem Daumen strich er mir eine verirrte Träne von der Wange, hob mein Kinn an und sah mir fest in die Augen. Lächelnd. Ich war Wachs in seinen Händen, unter seinem Blick, selbst jetzt noch, wo ich wusste, dass er eigentlich auf Männer stand.

»Es gibt nichts, was dir peinlich sein muss. Du hast heute die ganze Bandbreite von unfassbar süß bis zu wahnsinnig heiß abgedeckt. Ich kann nicht aufhören, dich anzusehen. Oder mich zu fragen …«

Ich begriff nichts mehr. Kein einziges Wort. Er fixierte nach wie vor meinen Blick und sprach weiter:

»Ob ich tatsächlich so ein Glückspilz bin und deine Reaktion auf mich richtig deute, oder ob ich mir nur einbilde, dass da ein Knistern zwischen uns ist. Was glaubst du, warum ich dir das alles erzähle? Weil ich dich mag, Lou.«

Hatte er das gerade wirklich gesagt? In mir herrschte ein Tumult und mein Herz raste so sehr, dass ich kaum noch denken konnte.

»Aber, du und Chad ... du ...«

»Ich bin bisexuell, Lou. Ich fühle mich zu Männern und Frauen hingezogen. Und das mit Chad ist Jahre her.« Er sah mich geduldig abwartend an, während in mir noch immer Gefühlschaos herrschte.

Ich versuchte, mich zu konzentrieren, und erkannte die Sorge in seinem Gesicht. Das erinnerte mich daran, wie er ausgesehen hatte, als wir Olive getroffen hatten. *Oh* ...

»Und was hat das alles mit Olive zu tun?« Ich wollte die ganze Geschichte hören.

»Stimmt. Der Teil fehlt noch... Nach einem Spiel habe ich Chad nach Hause gefahren. Wir hatten bis zu diesem Abend nie darüber geredet, was das zwischen uns war, aber bevor er aus dem Auto aussteigen konnte, habe ich all meinen Mut zusammengekratzt und ihm die Wahrheit gesagt. Er hat so traurig ausgesehen, also habe ich ihm versichert, dass es okay ist, wenn er nicht so fühlt wie ich.«

Sam schluckte schwer, es war offensichtlich, wie viel ihm Chad bedeutet hatte. Aber wie passte Olive in diese Geschichte?

»Ich hatte Angst vor seiner Reaktion und davor, ihn zu verlieren. Außerdem war ich verwirrt, weil ich wusste, was wir hatten, war mehr als nur Freundschaft. Statt zu antworten, hat er sich Tränen aus den Augenwinkeln gewischt und ich war sicher, dass er einfach aussteigen will. Aber dann hat er mich geküsst.«

Bei diesen Worten grinste Sam anzüglich, was widersprüchliche Gefühle in mir auslöste. Es sah viel zu heiß aus, aber er dachte dabei an einen Kuss mit jemand anderem.

»Im Nachhinein betrachtet einer der besten Momente meines Lebens. Bis plötzlich jemand vehement ans Fenster gehämmert und uns halb zu Tode erschreckt hat. Es war …«

»Olive!«, warf ich ein und Sam nickte mit einem bitteren Lächeln.

»Chads Freundin. Wie ich an diesem Abend erfahren habe.«

»Nein!«

»Sie war stinksauer. Verständlicherweise. Ich wusste nicht, dass er in einer Beziehung war. Chad hat Panik gekriegt, also ist er ihr hinterhergelaufen. Sie hat sich von ihm getrennt und ihm gedroht, sein Geheimnis weiterzuerzählen, sobald er mir auch nur zu nahekommt.«

Und schon war mir Olive noch unsympathischer geworden, und das, obwohl ich zu gut wusste, wie ekelhaftes sich anfühlte, wenn man betrogen wurde.

»Noch in derselben Nacht hat Chad mich besucht, denn meine Eltern waren beide auf Geschäftsreise. Er hat mir das Versprechen abgenommen, niemandem zu sagen, was zwischen uns vorgefallen ist. Natürlich erst, nachdem wir dafür gesorgt haben, dass es auch tatsächlich etwas zu erzählen gab.«

Sein stolzer, schelmischer Blick war einfach zu viel und ich kicherte, was mir ein Zwinkern einbrachte. Mir schoss die Hitze wieder in die Wangen, während Sam scheinbar voll in seinem Element war. »Ich erspar dir die Details und springe zum Ende der Geschichte: Er wollte ein Sportstipendium und die Entscheidungsträger sind äußerst konservativ. Ich wollte mich nicht verstecken. Das war's.«

»Das ist das Ende der Geschichte?«

»Jap.«

»Bist du über ihn hinweg?«

»Ich glaube, erste Male vergisst man nie wirklich. Und er war meine erste Erfahrung mit dem gleichen Geschlecht. Eine Zeit lang habe ich dem nachgetrauert was aus uns hätte werden können. Trotzdem habe ich ihn losgelassen. Wäre er so verliebt in mich gewesen, wie ich in ihn, hätte er sich für mich entschieden. Ich habe ihm vergeben und bin froh, jetzt zu wissen, dass ich auch auf Männer stehe.«

»Das klingt sehr erwachsen.«

»Ob es erwachsen ist, weiß ich nicht. Nur, dass ich einfach bereit war, neue Erfahrungen zu sammeln, mich wieder zu verlieben und frei zu sein.«

Da war er wieder. Der Sam, den ich kannte. Mit den verträumten Augen und dem selbstbewussten Lächeln. Seine Worte hallten in mir nach. Ich musste Drew auch vergeben, um mich endlich frei fühlen zu können. Frei für …

Diesmal war ich es, die ihn unverhohlen musterte. Seine Worte hatten erahnen lassen, wie tief seine Gedanken gingen. Das machte mich neugierig und ihn noch interessanter. *Wer bist du wirklich, du gnadenlos charmanter Träumer mit dem schmerzhaften Päckchen und der sorgenfreien Ausstrahlung?*

Die Anziehungskraft, die er zuvor schon auf mich ausgeübt hatte, war im Vergleich zu der

Spannung, die sich jetzt rasend schnell zwischen uns aufbaute, lächerlich oberflächlich gewesen. Ich war kurz davor, alle Bedenken über Bord zu werfen und endlich etwas dagegen zu unternehmen.

Ehe ich den Gedanken weiterverfolgen konnte, setzte sich Sam in Bewegung und zog den Themenumschlag aus seinem Rucksack. Anstatt ihn zu öffnen, drehte er ihn zwischen seinen Fingern.

»Irritiert dich das, was ich dir erzählt habe?«, fragte er schließlich und zog seine Brauen zusammen.

In der Kleinstadt, in der ich aufgewachsen war, hätte seine Sexualität selbst heute noch für Furore gesorgt. Von den scheinheiligen Moralvorstellungen meiner Eltern ganz zu schweigen, die ich seit ihrer schmutzigen Scheidung nicht mehr ernst nehmen konnte. Ich wusste schon lange, dass ich ihre Ansichten nicht teilte, aber jetzt erkannte ich, dass ich ihrer Welt völlig entwachsen war. Ich wollte nicht dorthin zurück und vermisste nichts davon. Endlich war ich bereit, die Vergangenheit loszulassen und meine eigene Welt, meine Zukunft, zu finden. Ich war frei, konnte tun und lassen, was ich wollte. Und ich verdankte diese Erkenntnis allein Sams Offenheit und der kleinen Frage, die mich zum Nachdenken angeregt hatte.

Noch tiefer

Ein halbes Jahr zuvor

Ein perfekter Vorgarten reihte sich an den nächsten, wie nahtlose Ergänzungen zu den eleganten Häusern, die alle gleich aussahen. Drew wohnte in der noblen Gegend unserer Heimatstadt, wo jeder mit seinen Nachbarn darum wetteiferte, das makellosere Leben zu präsentieren. Glänzende Autos parkten als Aushängeschilder für die dicken Bankkontos der Eigentümer in den Auffahrten und wie schon des Öfteren an diesem Tag, hatte ich das Gefühl, nicht ins Bild zu passen. Ich konnte einfach nicht aufhören zu weinen und das, obwohl ich meine Gefühle zu Drew in den letzten Wochen selbst infrage gestellt hatte. Aber es war das eine, Zweifel zu bekommen oder Schluss zu machen. Eine ganz andere Geschichte war es, nach ein paar Tagen körperlicher Trennung sofort mit meiner besten Freundin ins Bett zu hüpfen.

Mr. Parker unterbrach das Gespräch mit seiner Nachbarin und winkte mir von der anderen Straßenseite aus zu. Ich ignorierte ihn, wissend, dass er sich schon in der nächsten Sekunde zurück zu Mrs. Carrol drehen würde, um über meine offenen Schuhbänder, das verheulte Gesicht oder meine Unhöflichkeit zu lästern.

Dieses abgeschiedene Kaff lebte von Klatsch, falscher Höflichkeit und geheuchelter Perfektion. Was ich früher nicht anders gekannt hatte, kam mir heute vor wie die billige Version einer Fernsehserie. *Desperate* waren die Hausfrauen hier allemal und wie ich feststellen durfte, mangelte es auch nicht an heimlichen Liebschaften.

Nun hieß es also *Drew und Rose*. Wie schnell es gehen konnte, dass man vor *Freund* und *beste Freundin* ein *Ex* hängen musste. Sie hatten mich einfach aus der Gleichung gestrichen.

Ein weiteres Schluchzen entglitt mir, obwohl ich versuchte, zumindest leise zu weinen und nicht wie ein Kleinkind mit Nervenzusammenbruch durch die Straßen zu wanken.

Endlich erreichte ich das Stadtzentrum und hatte somit die Hälfte des Weges hinter mich gebracht. Wenn ich Glück hatte und die konditionierten Kleinstadt-Verhaltensregeln für heute in den Wind schoss, würde ich es vielleicht bis nach Hause schaffen, ohne jemandem in die Augen schauen oder gar Konversation betreiben zu müssen.

Ich beschleunigte meine Schritte, um die belebtere Einkaufsstraße rasch hinter mir zu lassen, die sich wie ein Ring um den einzigen Park und Mittelpunkt unserer Stadt wand. *Schwerer Fehler!* Ich spürte den Ruck um meine Knöchel, als ich auf das offene Schuhband trat und strauchelte. In einem verzweifelten Versuch riss ich die Arme nach vorne, um meinen Fall wenigstens ein bisschen abzufangen, was mir aber nicht wirklich gelang. *Autsch, Scheiße!*

So schnell wie möglich rappelte ich mich auf und

ignorierte die neugierigen Gesichter, die mir aus dem Schaufenster des Delikatessen-Geschäfts, vor dem ich gerade stand, entgegen starrten. Meine Spiegelung in der Glasfront konnte ich jedoch nicht ignorieren. Von meinen Augen ausgehend verliefen schwarze Rinnsale über meine Wangen, was zusammen mit der roten Nase und den verquollenen Lidern ein schauriges Gesamtbild ergab. Zum zweiten Mal an diesem Tag fühlte ich mich bloßgestellt und ausgeliefert. Also überquerte ich mit wunden Knien und brennenden Handballen die Straße und floh in den Park.

Ich fand eine Bank, die durch umliegende Gebüsche zumindest den Eindruck von etwas Privatsphäre vermittelte. Fahrig suchte ich in meiner Jacke nach einem Taschentuch, um die Make-up-Eskalation auf meinem Gesicht unter Kontrolle zu bringen und mir die laufende Nase zu putzen. Dass mir vor Scham neue Tränen aus den Augen liefen, machte die Situation nicht besser.

Ich hatte mir viel vom Nachhause-Kommen erwartet, nicht aber das Gefühl, ein Fremdkörper zu sein. Doch genau so sah ich mich – als Fremdkörper. Ich war fehl am Platz und hatte mich noch nie so austauschbar gefühlt wie jetzt gerade. So ungeliebt.

Als ich das verschmierte Taschentuch in den Mülleimer neben der Bank werfen wollte, sprang mir ein Sticker ins Auge, der darauf prangte.

Homosexualität = Sünde, stand da in fetten weißen Großbuchstaben quer über eine brennende Regenbogenflagge. Und darunter: *Gott liebt keine Homos!*

Wut brodelte in mir hoch. *Und ich fühle mich unzulänglich?* Was war schon verlaufene Mascara gegen Homophobie?

Diesem verquirlten, veralteten Moralvorstellungsmist war ich in der Großstadt kein einziges Mal begegnet, aber hier schrie alles nach erhobenem Zeigefinger und kleinkariertem Gedankengut. Ich war es leid. Alles davon.

Wenn ich nicht hierher passe, dann ist das vielleicht gar nicht mein Fehler!

Die Wut verlieh mir die nötige Kraft, um endlich die letzte Strecke zum Haus meiner Eltern hinter mich zu bringen. Ich brauchte ein Bett, ein paar ungestörte Stunden und eine Dusche. Und das alles am besten noch vor fünf Uhr.

Fantasie

Gegenwart

Nein, mich irritierte nicht das Geringste an Sam. Ich mochte ihn. Ich fühlte mich in absurdem Ausmaß zu ihm hingezogen und es spielte absolut keine Rolle, wen er früher einmal geliebt hatte. Ich schüttelte den Kopf, als mir klar wurde, dass Sam nach wie vor auf eine Reaktion wartete.

»Wirklich? Du bist so still ...«

»Nein, Sam. Ehrlich! Irritiert ist definitiv nicht das Wort, das beschreibt, wie ich mich in deiner Gegenwart fühle. Daran hat sich nichts geändert. Danke, dass du mir das alles anvertraut hast.«

»Wenn das so ist: Ladys First«, sagte er und hielt mir den Themenumschlag hin. Wie leicht war es gewesen, einfach zu verdrängen, dass uns die Zeit davonlief und wir noch nicht einmal wussten, welches Thema wir bearbeiten sollten.

»Ich dachte, wir sollten vielleicht loslegen, sonst könnte es knapp werden bis morgen. Vor allem, wenn ich mir erlaube, mich noch mehr von dir ablenken zu lassen als ohnehin schon«, sagte er zwinkernd.

»Das geht definitiv nicht nur auf meine Kappe und das wissen wir beide, Sam.«

Trotzdem hatte er recht, in meinem Kopf war kein Platz für Unizeug gewesen, seit er sich im Hörsaal neben mich gesetzt hatte und ich hasste die Tatsache, dass wir uns dieser Aufgabe widmen mussten. Viel dringender wollte ich herausfinden, was zwischen ihm und mir war, oder ob er mich nach einem Kuss so ansehen würde, wie vorhin, als er über Chad gesprochen hatte. Ich wollte wissen, wie er ...

»Vorlesen!«, sagte Sam. »Bitte.«

Also atmete ich durch, erinnerte mich an mein Pflichtbewusstsein, öffnete den Umschlag und holte den Zettel heraus.

Ich räusperte mich, überflog die erste Zeile und versuchte, mich nicht davon ablenken zu lassen, dass sein Blick ununterbrochen auf mir lag. Oder dass ich noch immer seinen Geruch in der Nase hatte, der mich völlig vereinnahmte und meinen Verstand vernebelte.

In einer Welt voller Hass und Zerstörung – wo ist Leben? Wo liegt der Sinn? Stellt euch diese Frage, recherchiert und zitiert Philosophen, die sich über den Sinn des Lebens Gedanken gemacht haben. Lasst uns abschließend an euren persönlichen Standpunkten und Ansichten teilhaben.

Ich faltete das Papier mit unruhigen Fingern, reichte es Sam und kämpfte gegen das wachsende Stressgefühl an, das sich als dumpfer Druck, gepaart mit unregelmäßigem Flattern in meiner Brust, bemerkbar machte. *Was für ein Thema!*

»Wow. Hat Anderson nicht gesagt, diese Referate sollen eine Aufwärmübung sein, um nach den Ferien wieder in die

Materie einzutauchen? Kein anderer Dozent würde einen so kurzfristigen Arbeitsauftrag geben. Ist das überhaupt erlaubt? Menschen verbringen ihr ganzes Leben mit der Suche nach dem Sinn und wir sollen ihn innerhalb eines Tages herausfinden?«, purzelten meine Gedanken aus mir heraus und ich stand auf, um ein Fenster zu kippen. Vielleicht half das beim Versuch, einen klaren Kopf zu bekommen.

»Kriegen wir hin«, sagte Sam entspannt und klopfte auf den freien Stuhl neben sich. Ich folgte seiner Aufforderung und startete den Laptop. Panik half uns nicht weiter, Recherche hingegen war immer ein guter Anfang.

Drei Stunden später sah ich auf die Uhr und bemerkte erst beim anschließenden Blick aus dem Fenster, dass es in der Zwischenzeit zu dämmern begonnen hatte. Den einfachen Teil der Aufgabe, der aus Nachforschungen im Internet und Zusammenfassen bestand, hatten wir soeben abgeschlossen, was meine Sorge, es nicht zu schaffen, dämpfte.

»Pause?«, fragte Sam und lächelte mich zufrieden, aber mit müden Augen an.

»Unbedingt. Hast du Hunger? Wir könnten etwas bestellen!« Jetzt, wo mein Körper sich entspannte und meine Aufmerksamkeit nicht mehr auf unsere Arbeit gerichtet war, spürte ich das Loch in meinem Magen.

»Das klingt nach einem Plan! Toilette?«

»Die Tür neben dem Kleiderberg.«

»Alles klar, danke!« Er stand auf und ich konnte nicht widerstehen, ihm beim Verlassen des Raumes hinterherzuschauen. Bevor er aus meinem Sichtfeld verschwand, warf mir Sam einen Blick über die Schulter zu und erwischte mich doch tatsächlich dabei, wie ich ihm auf den Hintern starrte. Ich hatte sofort wieder glühende Wangen und wich seinen Augen aus, bereute es aber trotzdem nicht, denn es hatte sich definitiv gelohnt. Zur Beruhigung trank ich einen Schluck Wasser, hoffentlich kühlte es meine Wangen wieder auf Normaltemperatur herunter.

Sam und ich waren ein ausgezeichnetes Team, das hatte sich in den letzten Stunden herausgestellt, und auch, dass ich während der Arbeit einiges ausblenden konnte, selbst wenn ich mich zu ihm hingezogen fühlte. Wobei ich in den Momenten, in denen wir einander versehentlich berührt hatten, meinen Fokus zugegebenermaßen etwas verloren hatte. Auch sein anerkennender Blick, nachdem ich ihm meine Zusammenfassung der von ihm recherchierten Informationen vorgelesen hatte, war mir zu Kopf gestiegen. Gut, vielleicht hatte es doch einige unkonzentrierte Augenblicke gegeben, aber dennoch war es besser gelaufen, als ich erwartet hatte.

Verkrampft stand ich auf, um mich zu strecken, und anschließend im Schneidersitz auf mein Bett zu setzen, den Rücken an die Wand gelehnt. Eine Wohltat nach den vielen Stunden auf dem harten Küchenstuhl.

»Pizza? Burger? Sushi?«, fragte ich, als Sam zurückkam, die Handyapp bereits geöffnet.

»Was du möchtest. Mir ist alles recht, aber grundsätzlich ist Pizza immer eine gute Wahl.« Seine Antwort zauberte mir ein breites Grinsen ins Gesicht und ich reichte ihm, ohne zu zögern, das Handy. Die Seite der Pizzeria hatte ich schon angeklickt, bevor ich ihn gefragt hatte.

»Weise Worte«, gab ich in verträumtem Ton zurück und genoss fast schon zu sehr, wie sich einer seiner Mundwinkel verzog und dabei das Grübchen zum Vorschein kam. Egal, was passieren würde, dieser Typ formte mit jeder Minute mein Bild davon, was mir an einem Mann den Verstand raubte. Ich würde jeden anderen an ihm messen, so absurd das auch war. Warum genau er diese Wirkung auf mich hatte, konnte ich mir selbst nicht erklären, aber es ließ sich ohnehin nicht ändern. Von der ersten Sekunde an hatte er mich in seinen Bann gezogen, hatte ich mich nach seiner Nähe gesehnt, waren meine Gedanken jedes Mal zu ihm zurückgekehrt, wenn ich ...

»Ich hab's.« Sam hielt mir das Telefon wieder hin.

Mhm, Margherita. Klassisch und gut. Ich machte zwei daraus und bestellte. Mir war bewusst, dass er mich ansah und dennoch durchfuhr mich ein Kribbeln, als ich den Kopf hob und mein Blick seinen traf.

»Woran hast du gerade gedacht?« Sams Spiellaune war offensichtlich zurückgekehrt. So wollte er die Pause also nutzen. *Cool bleiben, Lou.*

»Pizza«, sagte ich völlig ernst und liebte das Lachen, das ich daraufhin erntete.

»Und davor? Während ich ausgesucht habe? Es wäre möglich, dass ich schon etwas länger fertig war, bevor ich dich angesprochen und dadurch aus deinen Gedanken gerissen habe. Du hast ...« Er biss sich auf einen Teil seiner Unterlippe und ließ seine Lider tiefer sinken. *Gott, der Mann hat keine Ahnung, wie heiß er ist.* Es dauerte eine verdammte Ewigkeit, bis ich verstand, dass er mich nachahmte, aber dann lachte ich über meine Begriffsstutzigkeit und Sam nickte zufrieden.

»Ich habe mir nicht auf meine Unterlippe gebissen, das ist so klischeehaft«, empörte ich mich, aber Sam zog die Brauen hoch und sah mich gespielt entgeistert an.

»Oh doch, das hast du. Klischee hin oder her, ich weiß, was ich gesehen habe. Und ich vermute, dass du an etwas Unanständiges gedacht hast, weil dein Blick meine Gedanken eindeutig in diese Richtung gelenkt hat.«

»Total logische Schlussfolgerung, Mr. Hardy.«

»Finde ich auch. Danke, Ms. Storm.«

Und da tat ich es wieder, nur bemerkte ich es diesmal selbst. Ich biss mir auf meine verflixte Unterlippe. Sobald ich es erkannte, klappte mir der Mund auf. *Wie oft habe ich bei meinen Tagträumen ausgesehen wie ein verliebtes Teenagermädchen in einer Romantik-Schnulze? Ohne es zu merken!* Sam lachte leise.

»Das ist allein deine Schuld!« Ich deutete mit meinem Finger auf ihn und verengte die Augen.

»Meine?« Überzogen schockiert griff sich Sam an die Brust. Ich hatte mich durch diese unbedachte Äußerung definitiv in Erklärungsnot gebracht.

»Über den Zusammenhang würde ich gerne mehr erfahren, wenn du erlaubst«, bestätigte er meine Vermutung. Er saß wieder breitbeinig auf dem Bürostuhl, fuhr näher an das Bett heran, lehnte sich nach vorne und stützte die Ellenbogen auf seinen Knien ab. Erwartung und Herausforderung. Das war es, was ich in seinen Augen zu erkennen glaubte.

Mir brach der Schweiß aus. Das mit dem nassen Pullover war eine Kurzschlussreaktion gewesen, aber ein

Gespräch? Wie sollte ich ihm denn sagen, dass ich, seit wir einander kannten, regelmäßig von ihm fantasierte, ohne mich völlig lächerlich zu machen? Vor allem, nachdem ich ihn damals abgewiesen hatte, weil ich noch in einer Beziehung feststeckte.

Okay, durchatmen. Was würde die Lou aus meinen Tagträumen jetzt tun?

»Es könnte sein, dass ich im letzten halben Jahr das ein oder andere Mal … sagen wir … an dich gedacht habe. Nicht unbedingt auf die freundschaftliche Art. Möglicherweise habe ich mir vorgestellt, was du …«

Ich konnte unmöglich weiterreden. In meinem Kopf jagte ein Bild das nächste. Alles in mir pochte darauf, herauszufinden, wie es war, ihn wirklich zu spüren. Ich atmete stockend ein, da wir beide ohne Zweifel wussten, woran ich dachte.

»Lou, wenn du mich so ansiehst, ist es nahezu unmöglich, dich nicht zu küssen.«

Mein Herz überschlug sich. Sam richtete sich auf, ohne mich aus den Augen zu lassen. Allein sein Blick ließ mich innerlich erschauern.

»Dann tu es«, flüsterte ich. Nicht, weil ich unsicher war, ob ich es wollte, sondern weil die Tatsache, dass das hier wirklich passierte, Fantasie und Realität auf surreale Weise verschwimmen ließ. Meine Welt schwankte und ich konnte nur hoffen, nicht zu fallen.

»Sicher?« Er bewegte sich keinen Millimeter. Nur in seinen Augen tanzte ein Funke, der längst auf mich übergesprungen war.

Ich setzte mich auf, kam an der Bettkante auf die Knie, lehnte mich zu ihm und stützte mich auf seinen

Oberschenkeln ab. Dass er scharf die Luft einzog, sobald meine Hände ihn berührten, bestärkte mich in meinem Entschluss: Ich musste herausfinden, ob die Realität an meine Fantasien herankam, musste wissen, ob diese wahnsinnige Chemie zwischen uns echt war. Nach diesem Nachmittag brauchte ich einfach mehr. Mehr Sam.

Jetzt lächelte er nicht mehr, stattdessen waren seine Lippen leicht geöffnet und sein Blick tief in meinem versunken. Mein Herz donnerte gegen meinen Brustkorb. Einige Zentimeter vor Sams Gesicht hielt ich inne. Das hier war meine Antwort und eine glasklare Einladung. Es lag nun an ihm, sie anzunehmen. Gleich würde ich sehen, ob seinen Worten auch Taten folgten oder ob er einfach nur gern Spielchen spielte.

Seine Hand fuhr von meiner Stirn ausgehend am Haaransatz entlang, um eine lose Strähne zurückzustreichen, und landete in meinem Nacken. Quälend langsam kam er näher und als er meine Lippen endlich mit seinen streifte, explodierte meine alte Welt endgültig. Nichts war mehr langsam, zögerlich oder unsicher. Schon fühlte ich seine rechte Hand an meiner Taille, die mich näher zog, während die in meinem Nacken sich in meine Haare schob. Dann saß ich auf seinem Schoß und spürte alles, was ich wissen musste.

Sam wollte das hier genauso sehr wie ich. Er schlang seinen Arm dicht um mich, sodass sich meine Brust fest gegen ihn presste. Seine Lippen lagen weich und sanft auf meinen. Ganz von selbst fanden unsere Zungen in ein Spiel, das mir den Atem raubte. Ich hatte beide Hände in seinem Haar vergraben, seine Locken zwischen meinen Fingern, wie ich es mir so oft ausgemalt hatte.

Doch es war nicht genug.

»Bitte Sam, berühr mich«, flüsterte ich an seinem Ohr. Mir war durchaus bewusst, wie flehentlich es klang. Das grollende Geräusch, das er daraufhin machte, bewies mir, wie gern er meiner Bitte nachkam. Ich spürte seinen festen Griff um meine Oberschenkel und kurz darauf lag ich auf dem Bett. Es war schon jetzt besser als jede Vorstellung. Seine Hand glitt unter mein Shirt und jeder Millimeter meiner Haut, den er berührte, stand in Flammen.

Es war schockierend, wie bereit mein Körper für ihn war. Die Jeans war zu eng und mein Höschen zu feucht. *Gott.*

Seine Hand glitt an mir hinab und zwischen meine Beine, was mir ein Stöhnen entlockte und ihn triumphierend lächeln ließ. Dieser Mund! Meine Hand in seinem Nacken reichte aus, um ihn zu einem weiteren Kuss aufzufordern, der mir alles gab und dennoch nicht genug war. Und in genau diesem Moment, mit seinen Lippen auf meinen und unter seiner Berührung erbebend, erkannte ich, dass ich längst die Lou aus meinen Tagträumen war. Und dass ich sie nicht vor Sam verstecken wollte. Im Gegenteil.

»Kannst du mir kurz helfen?«, flüsterte ich, während er sich an meinem Hals abwärts küsste und damit all die Knöpfe drückte, von denen ich nicht gewusst hatte, was sie mit mir machten. Ich nahm seine Hand und führte sie zum Knopf meiner Jeans. Den Blick, den er mir daraufhin schenkte, würde ich für immer in meiner Erinnerung abspeichern. Überraschung, Lust, Freude und Verheißung. Als wäre ich das beste Geschenk, das er je ausgepackt hatte.

»Ich würde nichts lieber tun«, antwortete Sam und überraschte mich anschließend, indem er aufstand, sich zwischen meine Beine vor das Bett kniete und sich so über mich beugte, dass er Küsse auf meinen Bauch hauchen konnte. Seine Hände wanderten dabei von meinen Knien über die Oberschenkel bis an meine Hüften. Langsam öffnete er meine Hose, alles in mir war zum Zerreißen gespannt. Er begann damit, sie nach unten zu ziehen. Um ihm zu helfen, hob ich mein Becken.

»Gott, Lou.« Nun hatte Sam es doch eilig, streifte mir die Hose von den Beinen und warf sie achtlos hinter sich. *Heiß.*

»Deine auch«, kam mir über die Lippen. Meine Zurückhaltung war Geschichte. Als Sam aufstand, fixierte er mich mit seinem Blick. Ungeniert sah ich ihm dabei zu, wie er seine Jeans auszog. Wow! In mir war nichts mehr an seinem Platz. Sam schien es zu gefallen, dass ich ihn musterte, denn mit seinem Spieler-Blick – eine Augenbraue und ein Mundwinkel nach oben gezogen – zog er sich das Shirt über den Kopf und mir, metaphorisch, das Höschen aus.

Ich hatte keine Worte mehr. Da gab es keinen einzigen Gedanken in meinem Kopf, der neben Sam existieren konnte.

Sam, der nun wieder zu mir kam und dabei über meine Beine und meine Hüfte strich. Der mein Shirt, das mir schon bis zur Taille gerutscht war, weiter nach oben schob und sich über meinen Bauch bis hin zu meinen Brüsten küsste. Ich wünschte, der verdammte BH wäre nicht im Weg. Sams Mund fand meinen genau in dem

Moment, als ich ihn zwischen meinen Beinen spürte.

Mein Körper hatte die Regie übernommen, denn wie von selbst bewegte ich mich unter ihm, wiegte meine Hüften und er kam mir entgegen. Mit jedem Augenblick wuchs die Intensität. Es war kaum auszuhalten, berauschend und absolut anders, als wenn ich es mir selbst machte. Aber es war zweifelsfrei ein sich aufbauender Höhepunkt.

»Sam. Ich brauche mehr!«, rief ich aus, weil ich es nicht länger ertragen konnte,

»Heb dein Becken wie vorhin«, sagte er rau. Er richtete sich auf, packte meine Hüfte und ließ seine Finger unter mein Höschen gleiten. Genau dahin, wo ich ihn gerade am meisten brauchte. Mit jeder seiner kreisenden Berührungen steigerte sich die Spannung in meinem Körper. Als sein Daumen zusätzlich abwärts rutschte und sanft in mich tauchte, entglitt mir ein lautes Stöhnen. Und die Kontrolle.

»Lass los, Lou!«, raunte er und ich explodierte. Es war Erlösung, Entgleisung und das Beste, das ich je erlebt hatte. Stöhnend wand ich mich unter ihm und wusste sofort, dass ich das wiederholen wollte. Jetzt. Aber vor allem musste ich wissen, wie es war, ihm denselben Gefallen zu tun.

Sobald mir mein Körper wieder gehorchte, hielt ich mich an seinem Oberarm fest und kam zu ihm auf die Knie. *Das Shirt!* Als hätte er meine Gedanken gelesen, streifte Sam den Saum immer weiter nach oben und befreite mich von dem störenden Stoff. Ich genoss, wie sich seine Arme um mich schlangen und das Gefühl seiner heißen Haut an meiner.

»Du bist so schön, Lou. Aber wenn du dich gehenlässt, wie jetzt, bist du absolut unwiderstehlich.« Seine Lippen streiften meine Halsbeuge, während er sprach und mein Kopf sank in den Nacken. Sams Hände wanderten an meine Seiten, während er sich über mein Schlüsselbein küsste. Mit einem Griff öffnete er den Verschluss des BHs, nur um seine Zunge sofort um meine Brustwarze gleiten zu lassen, sobald die Spitze verrutscht war. Ich spürte seine Zähne, den Sog seiner Lippen und alles daran war haarscharf aber perfekt an der Grenze von zu viel. Unerträglich wundervoll.

Als seine Lippen meine wiederfanden und unsere Körper aufeinandertrafen, spürte ich hart an meinem Bauch, was ich dringend zu meiner Priorität machen wollte.

»Leg dich hin«, wies ich ihn leise aber ebenso unverblümt an, wie er es zuvor mit mir gemacht hatte und verlor mich in dem Rausch, den seine Reaktion in mir auslöste. Es lag nichts als Lust und Vorfreude in seinem Blick, als er sich mit mir in seinen Armen nach hinten sinken ließ. Nun durfte ich endlich eine Spur an Küssen über seinen Oberkörper ziehen, sehen wie sich seine Augen genussvoll schlossen und sein Atem immer flacher wurde, je näher ich seinen Shorts kam. Ich wollte ihn spüren, schmecken und ihm dieselbe Erlösung schenken, die er mir ermöglicht hatte. Hauchzart strich ich am Bund entlang und registrierte grinsend das Zucken unter dem Stoff. Eine Aufforderung. Und ich kam ihr nach. Sam atmete keuchend aus, als ich seiner Erektion endlich den Platz verschaffte, den sie sichtlich brauchte. Sanft erfühlte ich die straffe, zarte Haut, ließ keinen Zentimeter aus und badete in dem Klang seiner stockenden

Atemzüge, in seinem Gesichtsausdruck, der immer unkontrollierter wurde – in der Euphorie, die all das in mir auslöste.

»Lou!«, rief Sam aus, als meine Zungenspitze seinen Penis berührte, sein Blick voll Überraschung und purem Verlangen. Ich wollte mehr davon, viel mehr. Dass mich seine Lust so erregen würde, hatte ich nicht erwartet, aber sie riss mich mit sich. Ich legte meine Lippen um ihn und all das verzweifelte Sehnen nach Mehr in meine Bewegungen. Ließ ihn fühlen, wie viel Spaß es mir bereitete, ihn an den Rand seiner Selbstkontrolle zu treiben. Und darüber hinaus.

»Lou, ich …«

Ich weiß! Meinen Blick in seinen versenkt machte ich weiter, bis seine Augen sich schlossen und er rau stöhnend in meinen Mund kam. Und genau so hatte ich es gewollt.

»Oh mein Gott, Lou, das war … komm her!« Sam schaffte es, zugleich selig und erschüttert auszusehen und ich fühlte mich so sexy wie noch nie zuvor in meinem Leben.

»Mein erster …«, gestand ich und folgte dann dem sanften Zug seiner Hände, die mich zu ihm nach oben führten. Es stimmte. Drew war so ein Spießer gewesen, dass ich mich immer in einer zurückhaltenden, passiven Rolle wiedergefunden hatte. Aber Sam lockte eine andere Lou aus mir heraus. Eine freiere, mutigere, leidenschaftlichere Seite an mir. Und sie fühlte sich tausendmal besser an.

»Naturtalent«, raunte er an meine Lippen, die sich sofort zu einem Lächeln formten.

Nachdem ich über ihm war, meine Knie neben seinen Hüften und die Hände neben seinem Kopf abgestützt, kam ich nicht umhin zu bemerken, dass nicht nur ich noch immer nicht genug hatte. Langsam kippte ich mein Becken, konnte gar nicht anders, so gut fühlte es sich an. Sofort spürte ich Sams Hände an einem Oberschenkel und meinem unteren Rücken, die mich in der Bewegung bestärkten. Zeitgleich keuchten wir auf, ohne vom Mund des anderen abzulassen. Sams Hand rutschte unter den Stoff, umfasste meinen Po und jagte meine Lust so noch mehr in die Höhe. *Mehr!*

Mein Slip war längst verrutscht und ich wusste nicht ob ich es schlimmer fand, mich von Sam zu lösen, um endlich auch die Unterwäsche loszuwerden, oder zu ertragen, dass sie im Weg war. *Weg damit!*

Gerade, als ich dafür sorgen wollte, dass uns keine Stoffschicht mehr trennte, drang ein Schrillen zu mir durch. Die Türglocke!

Völlig schockiert hielten wir beide inne.

»Ich schätze, unsere Pizza ist da. Und ich fürchte, du musst aufmachen.« Sam fand als erster seine Stimme wieder und ich folgte seinem Blick zu dem mehr als deutlichen Beweis seines Verlangens, der selbst unter Boxershorts und Jeans noch auffallen würde. Es fühlte sich absolut falsch an, aufzustehen und ihn so zurückzulassen, aber mir blieb keine Wahl, denn die Klingel ertönte erneut. Ich schlüpfte in T-Shirt und Hose, sprintete ins Vorzimmer und drückte den Summer für die untere Eingangstür. Bevor ich aber die Wohnungstür öffnen wollte, versuchte ich meinen verrutschten und ziemlich feuchten Slip wieder an Ort und Stelle zu bringen, also ließ ich meine

Hand in meine Jeans wandern, wo ich viel lieber wieder Sams ... *Oh wow, feucht – Händewaschen!*

Auf dem Weg ins Bad beschlich mich eine böse Vorahnung und tatsächlich: Die Flüssigkeit an meinen Fingern war leicht rötlich. *Scheiße!*

Verdammt, das durfte nicht wahr sein. Schnell wusch ich mir das Blut ab und hastete zur Tür, an der es bereits klopfte. Wenige Sekunden später hielt ich zwei dampfende Pizzaschachteln in den Händen und eine Welle der Enttäuschung schwappte über mich hinweg. Dann kam er durch den Gang auf mich zu: Sam, der im echten Leben noch verlockender war und mich verrückter nach ihm machte, als ich es mir erträumt hatte. Und mein Körper versaute mir diesen Abend, indem er meinen Zyklus einfach um zwei Tage verkürzte.

»Bei diesem Anblick weiß ich gar nicht, wen oder was ich zuerst vernaschen soll.« Sam nahm mir die Schachteln ab, schlang einen Arm um meine Taille und gab mir einen tiefen Kuss. *Scheiß auf Pizza, wenn ich das hier haben kann, nur ...*

»Ich bin gleich wieder da.« Ich verschwand wieder im Bad, fischte frische Unterwäsche und eine Jogginghose aus der sauberen Wäsche, die schon seit Tagen darauf wartete, gefaltet zu werden, und sorgte dafür, dass ich mich wieder sauber und sicher fühlte. Was für ein beschissenes Timing. Ich wusch mir das Gesicht, hauptsächlich um mich zu beruhigen und einen klaren Kopf zu bekommen, was jedoch kaum funktionierte.

»Ist alles okay? Du wirkst irgendwie besorgt oder so.« Sam stand noch immer, beladen mit Pizzakartons, im Vorraum. *Himmel, er ist unglaublich aufmerksam und süß. Wa-*

rum habe ich überhaupt Angst davor, mit ihm darüber zu reden?

Weil es vielleicht meine einzige Chance mit ihm ruinierte, gab ich mir selbst prompt eine Antwort. Weil ich im Begriff gewesen war, mich ihm völlig auszuliefern, bevor der Pizzabote geklingelt hatte. Was, nüchtern betrachtet, sehr schnell gegangen war. Ich hatte Angst, weil er jetzt schon die Macht besaß, mir das Herz zu brechen, und ich nicht einmal wusste, ob das hier für ihn ein One-Night-Stand war oder ob es eine Bedeutung hatte. In Wahrheit wusste ich nichts und er hatte keine Ahnung, in wie viele Einzelteile mein Herz im letzten Jahr bereits zerbrochen war. Es war absolut bescheuert, den Teil, der mir noch blieb, einfach so aufs Spiel zu setzen. Vor allem, wenn ich bedachte, was Liebe aus einem machen konnte. Die Erfahrungen mit Drew und meinen Eltern hatten mich wachgerüttelt und mich vor mir selbst schwören lassen, dass ich die rosarote Brille so lange verbannte, bis ich jemanden fand, der sich wirklich für mich interessierte. Jemanden, der das Risiko wert war.

In Scherben

Ein halbes Jahr zuvor

Ich hörte die Haustür ins Schloss fallen, als ich aus der Dusche stieg. Das war Dad. Die dünnen Wände hatten ein heimliches Hineinschleichen schon immer unmöglich gemacht. Es war niemand zu Hause gewesen, als ich völlig fertig angekommen war. Zumindest eine glückliche Fügung an diesem verfluchten Tag. Wie ein Zombie war ich ins Bett getorkelt und erst vor einer halben Stunde orientierungslos wieder aufgewacht. Mum hatte geklopft, ihren Kopf durch den Türspalt gesteckt und mich in eine feste Umarmung gezogen, kaum dass ich mich aufgesetzt hatte. Das war der Moment gewesen, in dem mir die Szenen des Tages wieder eingefallen waren – am liebsten wäre ich für immer im Bett geblieben. Mum hatte mir über die feuchten Wangen gestrichen »Ach Schätzchen« gemurmelt und war wieder aus meinem Zimmer verschwunden. Es war untypisch, dass sie mich nicht gefragt hatte, was los war. Wusste sie das mit Rose und Drew etwa schon?

Drei nach fünf – dann eben mit Handtuchturban statt geföhnten Haaren! Es handelte sich schließlich nur um ein Gespräch mit meinen Eltern.

Die beiden saßen bereits an gegenüberliegenden Tischenden, als ich das Esszimmer betrat. Zwischen ihnen waren keine Reiseprospekte für die nächste Urlaubsplanung ausgebreitet, so wie ich bisher vermutet hatte. Aber was mich in Alarmbereitschaft versetzte, war die angespannte Stille, die den Raum erfüllte. Mum begutachtete ihre Fingernägel, sah jedoch auf, als ich den Raum betrat. Dad löste seinen Blick erst ein paar Sekunden später ruckartig von der Wand über dem Kamin. Ihre ungeteilte Aufmerksamkeit, die ich mir als Kind so oft gewünscht hatte, legte sich wie eine Last um meine Schultern. Hier stimmte etwas nicht. *Sie haben sich doch nicht etwa auch getrennt?* Wie ferngesteuert fanden meine Füße zum Tisch und ich ließ mich auf einen Sessel mittig zwischen ihnen sinken. Da mir schwindelig wurde, beim Versuch, mit beiden Blickkontakt zu halten, gab ich es auf und sah zuerst Dad an.

»Was gibt's?« Mein Plan war gewesen, locker zu klingen. Er war gescheitert. Die Worte hatten sich gepresst angehört.

»Liebes,« Mum seufzte, »das wird jetzt wehtun und es tut mir unendlich leid, aber ...«

Zum ersten Mal, seit ich hereingekommen war, sah sie Dad an. Nur für eine flüchtige Sekunde, ehe ihr Blick wieder mitfühlend auf mir lag.

Ich wollte jetzt schon schreien. *Was ist das für ein Tag? Wie viel Spannung, Enttäuschung und Schmerz kann ein Mensch aushalten?* Mein Limit war bereits überschritten und Mum hatte die Worte noch nicht einmal ausgesprochen.

»Wir haben uns getrennt«, brachte sie endlich hervor und ich verfiel in Schockstarre. Es dauerte einige Sekunden, bis ich die Worte wirklich verstand und entgeistert zu Dad sah.

»Wieso?«, fragte ich leise in die angespannte Atmosphäre des Raumes hinein.

»Deine Mutter...«, begann Dad, aber Mum schnitt ihm mit einem alarmierten Blick das Wort ab.

»Wir haben uns auseinandergelebt. Es war schon lange schwierig.«

Dad schnaubte. Aus jeder seiner Poren quoll Bitterkeit. Selten hatte ich mich so unwohl zwischen den beiden gefühlt. Ich bereute meine Frage, denn die Anspannung war schlagartig weiter angestiegen und in mir ballte sich die Angst, dass sie jeden Moment hochgehen und uns alle unwiederbringlich auseinanderreißen würde.

»Carter«, sagte Mum mahnend und flehend zugleich, was ihr von Dad nur ein Kopfschütteln einbrachte. In mir herrschte Chaos. Die beiden fochten parallel zu unserem Gespräch einen stillen Kampf aus und ich saß mitten in der Schusslinie.

»Sie sollte wissen, dass ihre Mutter beschlossen hat, diese Familie gegen eine Affäre einzutauschen.«

Da war sie, die Bombe. Dad hatte sie gezündet und in mir wuchs die Wut auf beide.

»Wie kannst du so etwas sagen? Ich habe niemanden ausgetauscht.« Mum brach in Tränen aus und ich realisierte, dass auch ich wieder zu weinen begonnen hatte. Dabei erschien mir diese Szene so surreal, dass meine Gefühle nicht mithalten konnten. Das konnte nicht mein Leben sein. Das war ein Irrtum – musste einer sein.

»Ich habe nur meine Sichtweise dargelegt. Steh zumindest zu deinen Taten.«

Das muss ein Albtraum sein! Lass mich aufwachen. Jetzt!

Wie sollte ich die beiden je wieder so sehen wie zuvor? Wo sollte ich Geborgenheit finden oder Sicherheit? Sie nahmen mir alles. Alles an einem Tag.

»Du hast mir jahrelang das Gefühl gegeben, absolut uninteressant und abstoßend zu sein. Ich war ausgehungert. Ich wollte doch nie …«

»Und du denkst, ich war weniger einsam? Du hast dich doch nicht mehr für mich interessiert!«

Die beiden hatten mich vergessen. Ich existierte gar nicht für sie. Über meine Trauer und Verzweiflung hinweg gewann die Wut die Oberhand. Und sie war mein Ausweg, also fachte ich das Feuer an und ließ sie überkochen.

»Ihr seid die egoistischsten Menschen, die ich kenne. Ja, ihr wart beide scheiße und selbst daran Schuld. Denkt ihr, ich hab euch nicht jahrelang streiten gehört? Aber mir das hier so hinzuknallen… Das ist das Letzte!« Mein Sessel kippte nach hinten, als ich aufsprang.

Mein Leben lag in Trümmern. Ich war blind und taub in all dem Staub und Lärm. Ich musste weg von ihnen und zugleich gab es in diesem Moment keinen einzigen Ort auf dieser Welt, der mir Trost verschaffen konnte. Ich war allein und heimatlos. Denn das hier war kein Zuhause mehr. Es war zu meiner persönlichen Hölle geworden.

»Es tut mir leid. Es tut mir so leid.« Es war Mum, die mir nachlief und weinend um Verzeihung flehte. Aber ich konnte sie nicht ansehen. Ich konnte nicht reif und erwachsen damit umgehen – konnte sie nicht trösten oder mich trösten lassen. Mein Zimmertürschloss klackte. Ich hörte sie schluchzen und in mir war einzig das verzweifelte Bedürfnis nichts mehr spüren zu müssen. *Lass es enden!*

Der Sinn

Gegenwart

Ich seufzte und nahm Sam die Pizzaschachteln ab. Er folgte mir in die Küche und wusch sich die Hände. *Oh Gott, okay, dann los!*

»Ich muss dir etwas sagen …«, fing ich an und fasste im selben Moment den Entschluss, ihm vorerst nur das Offensichtliche zu erzählen. Für meine Komplexe, Ängste und Narben würde später noch genug Zeit sein – falls er dann noch Interesse hatte.

»Ich bin bereit«, antwortete Sam gelassen. Er lehnte sich an die Küchentheke und strahlte nichts als Freundlichkeit aus. Ich wollte nicht, dass er mich anders ansah, sobald er wusste, dass ich heute nicht zu Ende bringen konnte, was wir begonnen hatten.

»Ich hab gerade meine Tage bekommen«, platzte es wenig galant aus mir heraus. Für einen Moment schloss ich die Augen, weil das ein Gespräch war, das weder zu den heißen Szenen von vorhin noch zum Pizzaessen passte. Es war unangenehm. Er kam näher und ich spürte seine Hände, die von meinen Hüften aus an meinen Rücken strichen und sich um mich legten. Die mich in eine Umarmung wickelten, die dem Gefühl der Geborgenheit eine völlig neue Nuance gab. Alles, was ich in diesem Moment wollte, war, mich in seine Wärme und

Stärke fallenzulassen.

»Ich weiß«, sagte er ruhig und ich spürte seine Brust an meiner Wange vibrieren. *Natürlich hat er es bemerkt – seine Finger sind ja auch im Spiel gewesen!*

»Es tut mir so leid, das nervt. Ich … entschuldige!«, murmelte ich in sein Sweatshirt

»Hey, das ist doch überhaupt kein Problem.« *Oh verdammt, er will doch nicht etwa trotzdem …* Ich löste mich von ihm, um ihn anzusehen.

»Weißt du, ich kann nicht … oder will nicht … keine Ahnung. Das ist mir dann doch irgendwie noch zu …«

»Lou.« Grinsend umrahmte er mein Gesicht mit seinen Händen und holte mich so aus den panischen Bemühungen, Worte für meine Bedenken zu finden.

»Es muss überhaupt nichts passieren. Entspann dich. Ich bin kein ahnungsloser, unsensibler Teenager. Und du bist auch nicht das erste Mädchen, mit dem ich zu tun habe. Ich habe volles Verständnis und es wird nur gemacht, womit du dich wohlfühlst!«

Ich nickte und er drückte mir einen Kuss auf die Stirn. Eine winzige Geste und zugleich überraschend intim.

Während wir uns die Pizza schmecken ließen, gingen wir erneut durch, was wir für unser Referat zu erledigen hatten. Und sobald wir beide satt waren, machten wir uns an die Arbeit.

»Darf ich?«, fragte Sam und deutete mit dem Kopf auf mein Bett. Ich nickte und sah ihm zu, wie er sich mit Laptop bewaffnet auf die Matratze sinken ließ und den Rücken an die Wand lehnte wie ich zuvor. Er streckte einen Arm aus und lächelte mich einladend an. Mit jedem Augenblick mochte ich ihn mehr, als würde sich mein Herz mit jeder Geste, jedem Blick und jedem seiner Worte weiter ausdehnen, um mehr Platz für ihn zu schaffen.

»Wie wäre es, wenn ich diesmal die Dokumentation übernehme, und du erzählst mir, was du über den Sinn des Lebens denkst?«

Ich ließ mich an seine Seite sinken und glühte innerlich, weil mich Sams Gegenwart völlig einhüllte. Sein Arm schlang sich um mich, sein Geruch war überall und seine Stimme so nah, dass ich jedes Flüstern verstehen könnte. Wie konnte man sich so sehr nach jemandem sehnen, während er einen gerade in den Armen hielt?

»Du wirst deinen Arm brauchen, wenn du mitschreiben willst«, sagte ich und löste mich von ihm.

So konnte ich ohnehin keine zusammenhängenden Gedanken fassen. Vielleicht irrte ich mich, aber er sah fast so aus, als hätte er mich lieber weiter an seiner Seite gespürt.

»Gut, Sinn des Lebens.« Ich dachte einen Moment darüber nach, was ich eigentlich sagen wollte, ehe ich weitersprach.

»Die Sache ist die, ich habe keine Ahnung, was der Sinn des Lebens ist. Ich feiere in ein paar Wochen meinen zwanzigsten Geburtstag. Ich habe keine Antworten, nur Fragen und bruchstückhafte Erkenntnisfetzen. Ehrlich gesagt, bezweifle ich, dass ich jemals an den Punkt kommen werde, an dem ich behaupten kann, den Sinn völlig durchschaut zu haben.«

»Aber du denkst, es gibt einen?«

»Ja, es muss einen geben, sonst ist alles Willkür, Chaos

und bedeutungslos.«

Ich drehte meinen Kopf, um Sam ansehen zu können, und er tat es mir gleich. Die Luft zwischen unseren Gesichtern fühlte sich geladen an, aber zugleich so flüchtig, als würde sie sich jeden Moment in Nichts auflösen und die Distanz zwischen uns mit sich nehmen.

»Weißt du, was ich meine?«, flüsterte ich und Sam nickte.

»Ich werde dich jetzt küssen. Nur kurz und absolut ohne Hintergedanken, aber ich kann so nicht denken.«

Mein Herz stolperte über seine Worte und die Vorfreude bauschte sich in mir auf, noch ehe er in Bewegung kam. Dann lagen seine Lippen auf meinen. Anders als zuvor. Nicht drängend, sondern hauchzart und ... liebevoll. Was es auch war, es machte mich weich und als der Kuss ein Ende fand, vermisste ich das Gefühl sofort. Um das Seufzen zu unterdrücken, atmete ich tief ein.

»Besser?«, fragte ich Sam schmunzelnd.

»Nicht im Geringsten, aber für den Moment reicht es aus. Manchmal muss man eben das Glück in den kleinen Dingen erkennen.« Er zwinkerte mir zu und hatte keine Ahnung, dass er mir gerade eine Erkenntnis beschert hatte. Jetzt war es eine andere Art von Aufregung, die in mir wuchs, und ich setzte mich grinsend auf.

»Das ist es, Sam. Ich glaube, ich habe eine Antwort gefunden. Ich weiß zwar noch immer nicht, was der Sinn des Lebens ist, aber ich weiß, wo ich beginnen werde, ihn zu suchen ...«

Aus mir sprudelte es heraus wie ein Wasserfall.

Sam hörte zu, fragte nach und ergänzte mit eigenen Gedanken. Er schien genau zu verstehen, was ich sagen wollte, und so schaukelten wir uns gegenseitig immer höher, bis wir bereit waren, das Erkannte in schriftliche Form zu bringen.

Sobald der letzte Satz geschrieben war, schlug Sam vor, dass wir beide den ganzen Text noch einmal auf Fehler und Lücken prüfen sollten. Mittlerweile lagen wir rücklings nebeneinander auf meinem schmalen Bett. Sam wollte die erste Korrekturleserunde übernehmen und weil man dazu nur eine Hand brauchte, ging ich diesmal auf sein stilles Angebot ein und ließ mich von ihm in den Arm nehmen. Es war spät geworden, Sam strahlte Wärme aus und ich war eingehüllt in eine Blase aus Geborgenheit. Kein Wunder, dass meine Augen schwer wurden. Ich wollte sie nur kurz schließen, mich ausruhen, bevor ...

Eines Tages

Ein halbes Jahr zuvor

Es war dunkel, als ich aufwachte. Ein Blick auf mein Handy verriet mir, dass dieser lange Tag noch immer kein Ende gefunden hatte. Mein Kopf quälte mich mit Erinnerungsfetzen, zwischen denen meine Gedanken hin- und herschossen, wie in einem Pinball-Spiel. Drew und Rose. Roses Finger, die sich mit Drews verflochten. Meine Eltern. Mums Affäre. Dads bitteres Schnauben. Tränen. Schmerz. Verrat.

Während mein Geist zu unruhig war, um mich einfach wieder einschlafen zu lassen, war mein Körper unendlich schwer. Als hätte sich mein Herz mit all den Tränen des Tages vollgesogen, sodass es mich nun tief in die Matratze drückte, nach unten zog und lähmte.

Ich war allein. Isoliert vom Rest der Welt, falls diese noch existierte. In Watte gehüllt, ohne Verbindung zur Außenwelt. Ohne ein Gefühl für die Realität.

Wie sollte ich wieder im echten Leben ankommen? Jetzt, wo alles, was einst mein Zuhause gewesen war, in Scherben lag? Wen gab es da draußen noch für mich? Wem sollte ich je wieder vertrauen?

Ich löste meinen zerzausten Haarknoten und völlig unerwartet traf mich eine Welle der Zuneigung. Das knallgelbe Haargummi hatte Jessy mir heute Morgen ge-

borgt, weil ich keines finden konnte. Mit seiner lebens-
frohen Farbe passte es so gar nicht in meine düstere Blase, sodass es diese zum Platzen brachte. *Jessy.*

Meine Mitbewohnerin hatte sich in den letzten Wochen
im Sturm einen Platz in meinem Herzen erobert. Wo
andere höflich Raum gaben und sich langsam annäher-
ten, da preschte sie mit voller Wucht hinein. In unserer
ersten gemeinsamen Nacht in der Wohnung hatte sie im
leeren Wohnzimmer einen Kreis aus Kerzen und Kris-
tallen aufgestellt, zwei Sitzpolster bereitgelegt, ein Bün-
del weißen Salbei angezündet und eine Flasche Wein
sowie einen Aschenbecher in der Mitte platziert. See-
lenruhig hatte sie halbnackt einen Joint gedreht, Pizza
bestellt und mir erklärt, dass wir ab dieser Nacht beste
Freundinnen sein würden. Und dann hatte sie mir alles
über sich erzählt und im Gegenzug Antworten erwartet
– schlimmste Angst, größter Traum, *guilty pleasure*, erstes
Mal, peinlichster Moment – nichts blieb verborgen. Und
am nächsten Tag hatte es sich angefühlt, als würden wir
einander schon ein halbes Leben lang kennen. *Verrückt.*

Sie war eine kleine Hexe, aber erst jetzt, als mein altes
Leben mir wie tausend Scherben in die Füße schnitt, erkannte ich, wie wichtig sie für mich geworden war. Als
hätten die alten Beziehungen, die mich an dieses Dorf
gebunden hatten, meine Sicht getrübt. Eine Milchglas-
kuppel über mir, die nun zersprungen war.

Jessy war ihr eigener Chef, ihre eigene engste Vertraute, diejenige, die sie zur Weiterentwicklung antrieb und
die, die ihr eine Auszeit verschrieb. Noch nie hatte ich
jemanden gekannt, der so selbstbewusst, eigenständig,
stark und dabei auch noch glücklich war. Ich wollte das

auch. *Wer braucht schon eine heile Familie oder eine Beziehung?*

Ich machte mir selbst etwas vor. Sogar Jessy hatte Gefühle, die verletzt werden konnten. Sie wusste, wie sich Einsamkeit anfühlte, und hatte mehr Leid erfahren, als mein privilegierter Arsch sich vorstellen konnte. Aber sie war daran gewachsen. Und zumindest das musste ich auch versuchen. Ja, ab jetzt war sie mein Vorbild. Nicht unbedingt, was ihr Rauchverhalten oder ihre lockere Beziehung zu Ordnung anging, aber in allen anderen Belangen.

Allein dieser Entschluss und der Gedanke an sie machten den Schmerz in mir schon etwas erträglicher, also schickte ich ihr eine Nachricht.

Lou: Zünd die Kerzen an, Schwester, ich brauch dringend eine Dosis Jessy. Katastrophentag. Komme vermutlich schon morgen wieder. Okay?

Ja, ich gab mich um ein Vielfaches cooler, als ich tatsächlich war, aber – *fake it, till you make it* – oder so! Keine Sekunde nachdem ich auf *Senden* geklickt hatte, tippte sie auch schon eine Antwort.

Jessy: Bad vibez? Mühsam, Albtraum oder Ich-brenn-den-Laden-nieder schlimm?

Lou: Eher Letzteres.

Jessy: Alles klar, sobald du zurück bist, will ich Details. Außer du willst telefonieren! In jedem Fall:

Verlass dich auf mich, Babe. Allzeit bereit.

Es war eindeutig Freundschaft, wenn ein kurzer Austausch wie dieser sich wie eine warme Decke um das angeschlagene, tropfende Herz legte. Jessy machte alles leichter, wärmer und trocknete die Tränen. Sie war die personifizierte Erinnerung daran, dass die Sonne wieder aufgehen würde, egal was passierte.

Eine Benachrichtigung ploppte auf und automatisch tippte mein Finger sie an.

Sam hat ein neues Foto geteilt – und da war er. Strahlendes Lächeln, verwuschelte Haare, Grübchen, seine Finger in das Fell eines Golden Retrievers vergraben. Stargast meiner Wachträume und der Grund für wochenlange Gewissensbisse und Zweifel. Sam, dessen Einladung ich ausgeschlagen hatte, weil ich vergeben gewesen war. Und das, obwohl ich mich mehr als nur zu ihm hingezogen gefühlt hatte. Er verfolgte mich regelrecht – in Gedanken! Ein Blick von Sam löste mehr in mir aus, als Drew in ganzen zwei Jahren zustande gebracht hatte, und genau das machte ihn wahnsinnig gefährlich. Jetzt mehr denn je. Wenn der »perfekte Schwiegersohn« Drew dazu fähig war, mich zu betrügen, dann war Sam es definitiv auch. *Wandelndes Sexappeal, furchtbar.* Genau das, was ich nicht brauchte. Zumindest für eine Weile musste ich mich einfach nur auf die Uni und mich selbst konzentrieren. Solange, bis es mir das Herz nicht mehr zerriss, wenn ich an die gescheiterten Beziehungen dachte, die meine scheinperfekte, heile Welt heute gesprengt hatten. Aber wer wusste, wie es kommen würde? Eines Tages vielleicht …

Die kleinen Dinge

Gegenwart

»Hey, Schlafmütze. Hast du heute nicht Uni?«

Die Worte ergaben keinen Sinn. Erst als ich den auffälligen Geruch wahrnahm, erkannte ich die Stimme und schreckte hoch. Auf dem Bürostuhl vor dem Bett saß Jessy, einen verdächtig aussehenden Glimmstängel zwischen ihren vollen Lippen und ihre sportliche Figur nur in Sport-BH und Jogginghose gehüllt. Alles wie immer. Aber dann fiel mir schlagartig wieder ein, warum sich alles so falsch anfühlte. *Sam!*

Habe ich das alles nur geträumt? Gott, wie kann man so verwirrt sein. Es ist kein Traum gewesen.

»Wo ist Sam?«

»Du meinst den schnuckeligen Typen, der vor ’ner Stunde das Weite gesucht hat. Heiße Nummer, schlag ein!« Sie hielt mir ihre Hand zum High Five hin, aber ich sah sie nur aus zusammengekniffenen Augen an.

»Okay, ich sag dir eines: Wenn er nicht verkraftet, was ich zu ihm gesagt habe, ist er ein Loser und du solltest ihn vergessen.«

»Was in aller Welt hast du gesagt?« Mein Körper rebellierte gegen die Gefühlsachterbahnfahrt am frühen Morgen und ich spürte den ersten Krampf anrollen. Regelschmerzen. Na das hatte mir noch gefehlt.

»Er hat mich eben noch vor meinem ersten Kaffee erwischt. Außerdem bin ich gerade eh nicht gut auf Typen zu sprechen. Danny nervt. Mieser Start in den Tag. Aber ich hab nichts Schlimmes gesagt, ehrlich!«

Unter meinem strafenden Blick hob sie abwehrend die Hände. »Ich hab ihm nur klargemacht, dass er abzischen soll, falls er es mit dir nicht ernst meint, weil mir viel an dir liegt. Ich hab gesagt, dass du nach diesem Scheißjahr nicht noch mehr Schlappschwänze in deinem Leben brauchst.«

»Bitte sag mir, dass du nicht genau diese Worte benutzt hast.« Ich vergrub mein Gesicht in meinen Händen und war mir nicht sicher, ob ich gleich schreien oder einen Heulkrampf bekommen würde.

»Jess ...« Ich sah sie an und erkannte, dass sie mich nur beschützen wollte, auf ihre eigene rotzfreche, bescheuerte Art. Aber das änderte nichts daran, wie sehr der Gedanke schmerzte, dass Sam wohl doch nicht interessiert daran war, etwas Ernstes mit mir anzufangen. Ich spürte Tränen in meine Augen steigen.

»Scheiße, Lou, du stehst auf den Typen!« Ich konnte sehen, wie die Erkenntnis in ihrem Gesicht aufblitzte, noch bevor sie weitersprach. »Warte! Ist es er? Der Typ, von dem du träumst? Du kleines Luder! Find ich gut.«

Sie war so witzig in ihrem absurden Stolz über meine Eroberung, dass ich kichern musste, obwohl mir Tränen über die Wangen liefen.

»Ich war kurz davor aufs Ganze zu gehen, Jessy. Nach einem gemeinsamen Nachmittag. Aber dann hab ich meine verdammten Tage bekommen und jetzt ist er anscheinend abgehauen. Also war es vermutlich besser so.«

»Nein!«, ihre ausdrucksstarke Mimik hätte ebenso gut in

eine Seifenoper gepasst, so schockiert sah sie mich an.

»Doch.« Ich stand auf und machte mich auf den Weg ins Badezimmer, wohlwissend, dass sie mir folgen würde, wenn ich die Tür schloss. Privatsphäre war ein Fremdwort für Jessy und ich hatte mich daran gewöhnt, also ließ ich sie einen Spalt offen.

»Dein Handy blinkt. Ich seh nach«, hörte ich sie aus der Küche rufen. Bevor ich antworten konnte, sagte sie »Es ist eine Nachricht von Sa-ham!«, und ich beeilte mich, das Ding in die Finger zu bekommen, bevor Jessy noch mehr Unheil anrichten konnte.

»Hey! Sorry, dass ich wegmusste. Deine Mitbewohnerin ist übrigens eine Liga für sich. Triffst du mich um halb zehn im Park, um das Referat noch einmal durchzugehen und so?«, las Jessy vor, als ich die Tür weiter aufriss und zu ihr hastete.

Blick auf die Küchenuhr – zehn vor neun. *Fuck*.

»Kann ich irgendetwas für dich tun?«, fragte Jessy. Sie hatte die Panik in meinem Blick offenbar erkannt.

»Ja, fließendes Blümchenkleid und braune Strumpfhose!«, rief ich ihr zu. Ein Glück, dass wir den Kleiderschrank der anderen auswendig kannten.

Ich duschte in Höchstgeschwindigkeit und föhnte mir die Haare nur kurz, damit sie nicht tropfnass waren. *Wimperntusche! Das muss für heute reichen.* Kurze Zeit später schlüpfte ich in die braunen Stiefeletten, die mein Notfall-Outfit vollendeten und hastete durch die Tür.

»Vergiss nicht, dass du keinen Typen brauchst, um eine Boss-Bitch zu sein«, rief mir Jessy laut durchs Treppenhaus nach, was auch Mrs. Downstead nicht entging, die gerade ihre Zeitung holte und mich entsetzt anstarrte.

Prustend stieß ich die massive Haustüre auf und rannte los. Das würde Seitenstechen geben.

Als ich um die letzte Hausecke bog, bremste ich abrupt ab. Sam war schon da und ich völlig außer Atem. Mir blieben noch gute zwanzig Meter, um wieder etwas Luft in meine Lungen zu bekommen. Nicht genug. Dann entdeckte er mich, kam auf mich zu und mir wurde schwindelig. Ich hatte während meiner Tage oft Kreislaufschwierigkeiten und das Frühstück war auch ausgefallen. *Hinsetzen!*

Mir blieb nichts anderes übrig, als mich auf die nächste Parkbank sinken zu lassen und zu warten, bis das Flackern am Rande meines Blickfeldes nachließ.

»Bist du okay?«, fragte Sam neben mir alarmiert.

»Ja, sofort, also nicht ganz, aber gleich. Schwindel.«

»Komm, leg dich hin.«

»Nein, es geht schon, ehrlich.« Tatsächlich hatte sich meine Sicht wieder normalisiert. Ich kicherte peinlich berührt und schüttelte dabei den Kopf, ehe ich mich ihm zuwandte. »Toller Auftritt meinerseits.«

»Mir gefallen deine Wangen gerötet definitiv besser als aschfahl.« Er zwinkerte mir zu und ein warmes Gefühl breitete sich in mir aus.

»Du flirtest mit mir. Noch immer.«

»Stimmt. Was mich auch schon zum ersten Gesprächspunkt bringt.«

»Es gibt Punkte?«, fragte ich grinsend und Sam lachte mich an.

»Nur drei. Nein, vier.«

»Jetzt bin ich gespannt, leg los!«

»Okay, erstens: Jessy ist lustig und loyal, was ich nur befürworten kann. Ich bin heute Morgen aufgewacht und hab festgestellt, dass ich eine Dusche brauche, bevor ich in die Uni kann. Außerdem wollte ich unser Dokument für das Referat drucken. Sie dachte offenbar, ich schleiche mich still und heimlich davon, um mich nie wieder zu melden«, er musterte mich bei seinen letzten Worten eingehend und mich beschlich die Angst, dass er mir die Tränen von vorhin ansehen konnte.

»Ich weiß, was sie zu dir gesagt hat, und da gibt es vermutlich einiges, von dem ich dir persönlich erzählen sollte. Ich dachte wirklich, sie hätte dich damit abgeschreckt.« Als ich ihn wieder ansah, nickte er.

»Wenn es nach mir geht, haben wir noch genug Zeit, um über alles zu reden. Aber obwohl ich noch keine Details kenne, weiß ich jetzt schon, dass nichts von dem, was du erzählen möchtest, mich abschrecken könnte.«

Erleichterung löste einen Knoten in meinem Magen und ersetzte ihn durch kribbelnde Vorfreude.

»Ich hab ein Päckchen und du hast eines, da sind wir gleichauf. Die Frage bleibt also nur, ob wir auch dasselbe wollen«, schloss Sam.

»Was willst du?«, fragte ich und widerstand dem Drang, eine Hand auf mein polterndes Herz zu legen.

»Schön, dass du fragst. Das ist Punkt zwei.«

Seine organisierte Herangehensweise an dieses Gespräch brachte mich zum Lachen, vor allem, weil er so viel Spaß daran zu haben schien.

»Ich würde dich gerne um ein vernünftiges erstes Date bitten, Lou. Ein richtiges, ohne Uniaufgaben. Der Tag mit dir gestern hat echt Spaß gemacht und ich weiß nicht, wann ich zuletzt mit jemandem so tiefgründige Gespräche geführt habe. Und dass ich außerdem noch ziemlich scharf auf dich bin, ist klar, oder?«

Seine Frage schaffte es erneut, mich zum Lachen zu bringen, gleichzeitig erweckte sie aber auch die Hoffnung in mir, er würde seinen Worten möglichst bald Taten folgen lassen. Bilder der heißen Szenen, die sich gestern zwischen uns in meinem Bett abgespielt hatten, mischten sich mit meinen früheren Träumereien und jagten meinen Puls noch höher, was ihm nicht entging.

»Die Farbe ist zurück«, bemerkte Sam selbstzufrieden. »Und was willst du, Lou?«

»Ich würde sehr gern auf ein Date mit dir gehen.« Sams Hand legte sich an meine Wange und ich hätte vor Wohlgefühl gerne die Augen geschlossen. »Aber wo ist der Haken, Sam? Du wirkst einfach zu perfekt.«

»Oh, glaub mir, das bin ich nicht. Es gibt unzählige negative Dinge an mir. Ich schnarche, zum Beispiel.« Sam schien sehr zufrieden, dass ihm etwas eingefallen war und ich prustete los.

»Wirklich?«

»Es scheint dich letzte Nacht also nicht geweckt zu haben?«

Lachend schüttelte ich den Kopf.

»Hat es nicht. Also weiß ich nicht, ob das als negative Eigenschaft zählt.«

»Okay, dann noch ein Beispiel.« Er verzog die Lippen und verengte die Augen, als würde er angestrengt nachdenken. »Oh, ganz klar: ich vergesse wichtige Dinge. Den Geburtstag meiner Mutter, oder auch Prüfungstermine.«

»Du weißt aber schon, dass dein Smartphone smart

genug ist, um dir Erinnerungen für deine Termine anzuzeigen?«

»Luisa Storm, ich glaube, du hast gerade eines meiner größten Probleme gelöst. Danke!«

»Jederzeit.«

»Bin ich jetzt unperfekt genug, um eine Chance zu bekommen?« Dieses Gespräch und das Schmunzeln, das er mir gerade wieder schenkte, wog mit Leichtigkeit alles auf, was er versuchte, zu beweisen.

»Das ist doch schon längst entschieden, Sam. Perfekt oder nicht, ich will dieses Date von dem du gesprochen hast.«

Ich erinnerte mich daran, dass ich die Tagtraum-Lou-Seite ihm gegenüber nicht mehr verstecken musste und ergänzte: »Und auch das mit dem *Scharf-auf-mich-sein* klingt reizvoll!« Als Kontrast zu meinen Worten lächelte ich ihn unschuldig an, und er nickte grinsend.

»Gut, dass du das auch so siehst«, sagte er, stand auf und reichte mir die Hand, um mir aufzuhelfen. »Bleibt noch die Frage, ob ich dich vor unserem ersten Date überhaupt schon küssen darf? Gibt es da Regeln?«

Es hätte mich nicht überrascht, wären Funken durch die paar Zentimeter Luft getanzt, die uns trennten.

»Ist das der dritte Punkt?«

»Die restlichen Punkte sind mir ehrlich gesagt entfallen. Das ist momentan jedenfalls der wichtigste.«

»Ich glaube, wir haben bereits sämtliche Regeln durcheinandergebracht.«

»Das klingt nach einem Ja.«

»Ist eins.«

Er küsste mich. Sanft, sinnlich und so berauschend,

dass ich wünschte, er würde niemals damit aufhören. Noch nie hatte sich etwas so aufregend und friedlich zugleich angefühlt, wie das Wissen, dass dieser Kuss nur der Anfang war.

Eine Stunde später standen wir im Hörsaal und unser Referat neigte sich dem Ende zu. Ich war heilfroh, dass ich vorhin noch schnell ein Sandwich gegessen hatte, sonst wäre ich vermutlich ohnmächtig geworden, sobald sich alle Augen auf uns gerichtet hatten. Den Text hatten wir uns aufgeteilt und Sam beendete soeben seinen letzten Part. Bevor ich zu sprechen begann, ließ ich meinen Blick einmal durch den Raum schweifen und landete wieder bei dem Mann, der neben mir stand. Seine Augen trafen meine, sein Lächeln mein Herz und sein leichtes Nicken bestärkte mich, das hier zu einem guten Abschluss zu bringen. Um einen weiteren Schritt in meine neue Zukunft zu gehen. Ohne die Altlasten und frei von den Begrenzungen meiner Heimatstadt. Wer wusste schon, wie es weitergehen würde? Vielleicht würde Sam mich begleiten, zumindest ein Stück? Wir könnten gemeinsam die vielen kleinen Wunder entdecken, dem Sinn des Ganzen auf die Spur gehen. Und dem, was zwischen uns entstand. Ich war bereit.

»Niemand kommt ohne Verletzungen und Narben durchs Leben. Es ist nicht perfekt, hält sich selten an Pläne. Es lässt sich nicht kontrollieren oder in vorgegebene Normen pressen. Doch das wirklich Wundervolle am Leben ist, dass es immer einen Weg findet und dass Liebe stärker ist als Hass. Es ist die Blume, die durch den Asphalt bricht. Oder Menschlichkeit, die sich gegen Gewalt auflehnt. Leben ist der Moment, in dem du verweilen möchtest, und der dennoch vorübergeht. Es ist ein gelbes Haargummi, das dich daran erinnert, dass die Sonne wieder aufgehen wird. Ein offenes Gespräch, ein friedlicher Moment, ein Kuss auf die Stirn. Es sind die kleinen Wunder, die nur so wertvoll sind, weil du sie übersiehst, wenn du dich von der lauten, harten Welt ablenken lässt. Und doch sind sie immer da. Im Endeffekt können wir also noch keine vollständige Antwort auf die Frage nach dem Sinn geben. Aber wir wissen, wo wir anfangen können, ihn zu suchen. Worin wir ihn erahnen können: in den winzigen Wundern.« Ich sah Sam an, der den letzten Satz sprechen sollte. Sein Blick hielt an meinem fest, als würde er sinnierend neben mir in meinem Bett liegen und nur zu mir sprechen, so wie letzte Nacht:

»In den kleinen Dingen – in jedem lebendigen Augenblick.«

Danke

Die Geschichte von Lou und Sam ist nicht die erste, die ich geschrieben habe. Sie ist nicht die längste und nicht die letzte. Aber sie ist die erste, die es zwischen reale Buchseiten und in die Welt geschafft hat. Sie ist besonders und doch alltäglich, lebt von großen und ganz kleinen Momenten. Sie ist mir wichtig. Und so wie diese Geschichte jetzt existiert, gibt es sie nur, weil sich Inspiration und Hilfsbereitschaft von einigen ganz besonderen Menschen zu einem wundervollen Projekt verbunden haben.

Allen voran gilt mein Dank natürlich Raphaela Schaller und Alexandra Hacker, die gemeinsam hinter fuXbaum stehen und mein Buch zu ihrem Projekt gemacht haben. Durch die vielen hilfreichen und humorvollen Lektoratsdurchgänge mit Raphaela wurde die Geschichte ein rundes Ganzes. Und sie hat ein Cover gezaubert, das perfekt passt. Dieses und kein anderes! Alex hat organisatorische Arbeit geleistet, vor der ich mich dankbar verneige – so geht das also (ich notiere!) Lesung, Vermarktung, Druck, du hast es drauf! ICH DANKE EUCH!

Und dann sind da noch meine Schreib-Freundinnen, ohne die Lou und Sam niemals zu dieser Chance gekommen wären. Insbesondere Carina, Lisa, Amelie und Sarah, die mich als unermüdliche Testleserinnen unterstützt und ihre schriftstellerischen Fähigkeiten mit mir geteilt haben – ihr seid die Besten! Danke!

Jennifer und Vera – danke für alles! Testlesen, Mut machen, Dasein, Plaudern, Lachen, Verständnis und Trost – all das schenkt ihr mir seit so vielen Jahren. Ohne euch gäb's mich nicht! Zumindest nicht in dieser Version.

Jetzt gäbe es natürlich noch so viel Dankbarkeit in mir – für meine Familie, die Menschen von Goldegg-Training, das Team von »das café« und so viele mehr. Fühlt euch bitte angesprochen, wenn ich aus tiefstem Herzen DANKE sage, für diese Chance. Ich schnuppere Autorinnenluft, dank euch. Sie riecht nach Lebenslust, Kreativität und frisch bedruckten Buchseiten, ein unwiderstehlicher Duft.

Und den krönenden Abschluss machst Du! Danke, dass Du Lou und Sam auf diesem kleinen Stück ihrer Reise begleitet hast! Danke für Deine Unterstützung auf meinem Weg!

Über eine Bewertung oder Rezension auf Amazon würde ich mich sehr freuen! Wenn Du meine zukünftigen Buchprojekte nicht verpassen möchtest, folge mir gerne auf Instagram: @m.r.prosser

Bis hoffentlich ganz bald   Eure Magdalena ♡

Kleine-Dinge-Sammlung

Hier kannst du kleine (oder große) »Dinge« aufschreiben,
zeichnen oder einkleben, die dein Leben bereichern